훌라
훌라

장편소설
후루우치 가즈에 서은혜 옮김

창비

프롤로그

더운 날이다.

겨우 벚꽃이 피었구나 싶었는데 4월의 교정에는 초여름 같은 강렬한 햇살이 쏟아지고 있다.

이제부터 점점 더워지면 수영장을 아쉬워하게 될까?

그럴 땐 공영 수영장에서 헤엄치면 된다. 굳이 학교 수영장이어야 할 필요도 없고 동아리 활동이어야 할 이유도 없다.

츠지모토 유타카는 그렇게 마음을 먹고 책가방을 어깨에 걸치고는 축구부와 야구부가 나누어 쓰고 있는 널따란 교정을 걷기 시작했다.

고등학교 2학년에 올라가면서 유타카는 하교부가 되었다.

동아리 탈퇴서를 냈지만 고문도 부장도 누구 하나 말리지 않았다.

당연하지.

학교 동아리 같은 건 강요로 하는 게 아니니까. 어쩌다 보니 수영을 잘해서 수영부에 들었을 뿐, 그다지 장래 국가 대표 같은 게 되고 싶지는 않았다. 마음도 맞지 않는 녀석들과 얼굴을 마주하고 온종일 집단행동을 강요당하는 것도 질색이다.

6월의 현 대회를 치르고 3학년들이 은퇴하면 새 주장이 되는 건 아마도 마츠시타.

같은 건축과 공업 디자인 전공인 데다 하필 똑같이 자유형 단거리를 잘하다 보니 마츠시타는 수영부에 들어갈 때부터 묘하게 라이벌 의식을 보였고 유타카는 아무래도 그를 좋아할 수 없었다. 아무리 겉으로 예의 바르게 군다 해도 선배들에겐 아첨을 떨면서 남들 모르게 초보자들을 못살게 구니, 유타카가 보기엔 그저 꼴불견이었다.

그 녀석이 주장이 된다면 나는 동아리를 딱 그만둔다.

1학년 말에 그렇게 정했다.

2학년이 되면 전문 과목 실습 훈련도 시작되고 좀 더 의미 있는 일에 시간을 써야지. 쓸데없이 열받는 것도 질색이고.

동아리 따위 안녕이야, 안녕.

발끝을 보며 걷던 유타카는 갑자기 멈춰 선 그림자와 정면충돌

할 뻔했다.

"뭐야, 위험하게……!"

깜짝 놀라 고개를 들어 보니 짙은 남색 윗옷의 어깨 위로 검고 긴 머리카락이 흔들렸다.

이 학교 여학생 비율은 1할도 채 안 된다. 그런 귀한 '여자'가 눈앞에 서 있는 걸 깨닫고 유타카는 살짝 당황했다.

같은 반 여자애는 아니다. 긴 머리를 어깨까지 늘어뜨리고 햇볕에 그을린 여학생이었다.

고집 세 보이는 커다란 눈동자가 똑바로 자기를 향하고 있었다.

이어서 그 여자애가 한 말에 유타카는 귀를 의심했다.

"저기, 훌라 댄스 동아리에 들어오지 않을래?"

1. 위험한 스토커

담임 선생 하나무라는 말이 많다.

그 덕분에 언제나 유타카네 학급 종례는 좀처럼 끝나지 않는다.

이 지역 출신에다 이 학교 졸업생이기도 한 하나무라 선생은 늘 어두운 색 양복을 걸치고, 지친 표정을 하고 있다.

주의를 주는 것도 설교를 하는 것도 아닌 긴 이야기를 흘려들으며 유타카는 창밖에 펼쳐진 교정을 바라보았다.

종례를 마친 다른 반 학생들은 하교를 하고 운동부 학생들은 트랙을 달리기 시작했다. 교정 너머 나지막한 집들 사이로 멀리 회색 바다가 보였다.

새로 정비한 교정은 깔끔하고, 나무들도 아직 어려서 가냘프게 흔들거리고 있다.

그 너머에 있는 공터는 전에 학교 건물이 있던 곳이다.

지진 때, 고지대인 여기까지는 해일이 밀려오지 않았지만 지반이 비틀리고 건물 전체가 약간 기울어졌다고 한다. 노후화 문제도 있고, 안전을 고려하여 곧장 다시 짓기로 결정했다.

유타카가 후쿠시마 현립 아다 공업고등학교에 입학했을 때는 이미 지금 쓰는 새 교사가 완성되어 있었다. 입학 일 년 전에 갓 준공된 새 건물은 전부 배리어 프리에 옥상에는 자가발전을 위한 태양열 패널이 늘어서 있다.

여기서 보이는 거주 지역에도 초콜릿 판을 연상시키는 검은 패널을 얹고 있는 집들이 많다. 지진 후 새로 지은 집은 대부분 태양열 패널을 달고 있었다.

"……그러니까 앞으로는 더욱 마음을 다잡고 학습에 매진하세요."

가까스로 하나무라 선생의 긴 이야기가 끝났다.

유타카가 책상 위 노트니 필기구를 가방에 쓸어 담고 있는데 등 뒤에서 누군가 어깨를 쳤다.

"오늘도 와 있네, 여친."

뒷자리 히라야마가 반쯤은 부러운 얼굴이다. 가리키는 곳에 시선을 보낸 유타카는 아이고, 싶다.

교실 뒤쪽 문에서 검고 긴 머리를 한 여학생이 커다란 눈동자를 반짝이며 이쪽을 보고 있다.

"여친 같은 거 아니라니까."

"어? 그럼 왜 요즘 널 자꾸 찾으러 오는데?"

"알 게 뭐야."

부정하면 할수록 히라야마는 미심쩍다는 얼굴이 되었다.

"잘나가고 있나 보네?"

그때 앞자리에서 들으라는 듯 떠드는 소리가 들렸다.

자기도 모르게 얼굴을 돌렸더니, 마츠시타가 다나카 패거리와 함께 빈정거리는 웃음을 띠고 있었다.

"동아리에서 도망쳤나 했더니 벌써 여자를 만들었잖아, 진짜 기가 막히네."

마츠시타는 결코 눈길을 마주치지는 않으면서 소리를 높였다.

"이런, 츠지모토는 역시나 선수?"

다나카의 말에 반 전체가 동조하는 듯한 분위기였다. 남학생이 압도적으로 많은 공업고등학교에서 몇 안 되는 여학생과 쓸데없이 얽히면 별로 좋을 게 없었다. '선수'라는 건 이 학교에서 어디까지나 경멸의 말이다.

유타카는 거칠게 가방을 집어 들고 말없이 일어섰다.

일부러 여학생과 반대쪽인 앞문으로 복도에 나왔지만 순식간에 따라잡혔다. 혀를 차며 걸음을 재촉했건만 검은 머리 여학생은 지지 않는다.

"저기, 자꾸 그렇게 도망치지 마."

고집이 세 보인다 싶더니 정답. 이렇게 드러내 놓고 피하는데도 전혀 포기할 기미가 없다.

그날 이후로 점심시간, 방과 후, 유타카는 내내 이 길고 검은 머리카락에 시달렸다.

그 덕분에 학급에는 유타카에게 여자 친구가 생겼다며 대놓고 떠들어 대는 놈들까지 나타났다.

그 순간, 남자투성이 교실에서 언제나 불편하다는 듯이 고개를 숙이고 수업을 받는 하야시 마야의 옆얼굴이 떠올라 유타카는 무심결에 걸음을 멈췄다.

"오, 이제야 이야기를 들을 맘이 생긴 거야?"

기대로 가득 찬 눈길에 어색해진다.

"저기 말이야, 이러는 거 정말 민폐거든."

"어머, 뭐가? 나 아무 짓도 안 했는데?"

긴 머리는 정말 뜻밖이라는 표정을 지었다.

"그냥, 잠깐 동아리에 와서 보라는 것뿐이잖아? 좋잖아, 어차피 수영부는 관뒀고."

아무렇지 않은 말에 기가 막힌다.

"네가 그걸 어떻게 알고 있어?"

"의외로 유명하거든."

검은 머리는 어디까지나 태연하다.

그러고 보니 이 여자애, 처음 만났을 때부터 내 이름을 알고 있었다. 츠지모토, 츠지모토, 하고 불러 대는 통에 말문이 막혔다.

"너 말이야……."

짜증을 내려는 유타카 앞에 검은 머리 여자애는 검지를 세웠다.

"사와다야."

"뭐?"

"'너'가 아니라, 사와다. 전자과 사와다 시오리."

당당한 자기소개에 결국 유타카 쪽이 입을 다물었다.

안 돼. 말싸움으로 여자한테는 못 이기지. 이대로 가다간 말려들고 만다.

이럴 바에야.

"잠깐!"

갑자기 계단을 뛰어 내려가는 유타카에게 시오리가 소리쳤다.

봤냐? 여자애가 다섯 계단을 한 번에 뛰지는 못하지.

착지하면서 발바닥이 지잉, 하고 저렸지만 유타카는 개의치 않고 전속력으로 복도를 내달렸다. 그대로 신발장에 실내화를 던져 넣고 운동화를 꺾어 신은 채 교정으로 튀어 나갔다.

안녕, 끈질긴 스토커여. 잘 있어라, 동아리여.

이 몸은 자유다!

해방감을 느낀 것도 한순간.

끝없이 이어지는 들판을 자전거로 달리는 사이, 유타카는 금세 뭔가 허전해졌다. 어제는 해변에서 시간을 죽였고, 그 전엔 목적도 없이 자전거로 싸돌아다니다가 결국 이웃 마을 도서관까지 갔었다.

도쿄나 츠쿠바의 유명 공업대학교 입학을 목표로 삼고 있는 진학반들은 날마다 학원에 다니는 모양이지만 유타카는 아직 거기까지 마음을 정하진 못했다. 진학을 한다 해도 학원에 다니는 건 3학년부터 해도 되겠지 하고 막연히 생각하고 있었다.

우선, 자신이 정말 공업 디자이너가 되고 싶은지, 또 그렇게 생각한다고 해서 될 수나 있는 건지조차 몰랐다. 공업고등학교를 나왔지만 전혀 상관없는 직업을 구한 선배들도 많았다.

강변을 자전거로 달리고 있으니 물 냄새가 풍겨 온다.

결국 오늘도 바다에 가기로 했다.

아다강을 따라 이십 분만 달리면 해안에 닿는다. 유타카는 제방 앞에 자전거를 세우고 모래밭으로 내려가는 계단 중간쯤에 앉았다.

여기저기에 테트라포드(tetrapod)가 높직하게 쌓여 있는 해변이 눈앞에 펼쳐져 있다.

해수욕도 할 수 있는 해안이지만 주변에 공장이 많은 아다의 바다는 그다지 예쁘지 않다.

회색 바다는 잔잔하지만 그래도 밀려오고 밀려가는 파도 소리가 인적 없는 바닷가에 자장가처럼 울리고 있다.

유타카가 직접 본 건 아니지만 오 년 전, 이 바다에는 믿을 수 없을 만큼 높은 해일이 일어났었다. 해변의 방파제나 해안의 높은 제방을 넘어 점점 더 높아지면서 마을을 집어삼키던 시커먼 물줄기를 텔레비전에서 몇 번이나 봤다.

당시 초등학교 6학년이었던 유타카는 한창 졸업식 예행연습을 하다가 지진을 맞닥뜨렸다.

유타카네 집은 내륙이었고 더구나 10층짜리 아파트의 꼭대기 층이라서 해일 피해는 없었지만 집 내부는 엉망진창이 되었다. 학교로 데리러 와준 부모님과 함께 집에 도착했을 때는 엘리베이터가 완전히 멈춰 있어서 아파트 바깥쪽 비상계단을 여진에 떨며 올라갔던 것을 또렷이 기억하고 있다.

해일의 습격을 받은 바닷가 지역에 비하면 그나마 피해가 크진 않았다. 가족도, 친척들도, 친구도 모두 무사했다.

바다 가까이에 살던 사람들 중에는 집이 완전히 무너지거나 소중한 가족을 잃은 사람들도 적지 않았다.

그리고.

유타카의 눈이 만을 둘러싼 산 너머로 향했다.

절대 괜찮아, 하고 믿고 있던 것들이 모두 거짓이었다는 사실을 뼈저리게 깨달았다.

초등학생이던 당시의 자신이 얼마나 이해하고 있었는지는 모르겠다. 하지만 무언가에 소름 끼치는 배신을 당했다는 감각만은 지금도 유타카의 마음 깊은 곳에서 꿈틀대고 있었다.

분명 그 느낌은 여기 살고 있는 누구나 지니고 있을 것이다.

원전 사고가 일어난 후, 후쿠시마는 특별한 곳이 되고 말았다.

폐허는 철거되었고 해안선 복구는 끝났지만 원래대로 돌아갈 수 없다.

지금도 사람들이 모이는 곳에서는 방사능 데이터를 알리는 팸플릿이 배부된다. 데이터를 보여 주며 안전함을 강조하면 할수록 자신이 살고 있는 마을이 변해 버렸다는 사실을 느낄 수밖에 없다.

지금이야말로 공업학교의 힘을 결집하여 부흥을……!

문득 담임 하나무라가 의무처럼 입에 담는 슬로건을 떠올리고 유타카는 쓴웃음을 씹어 삼킨다.

부흥, 부흥, 부흥, 최근 오 년간 이 말을 몇 번이나 들었을까?

물론 부흥이 중요하다는 것쯤이야 알고도 남지만. 때로 끓어오르는 답답함에 짓눌릴 것 같다.

불어오는 모래바람을 털어 내며 유타카는 일어섰다.

시간이 남아도는 것도 문제다. 자기도 모르게 우울한 생각만 하게 된다.

오락거리가 많지 않은 지방 도시에서 방과 후 시간을 보내기에 동아리는 편리한 방법이었던 것 같다.

하지만 이젠 싫어.

유타카는 테트라포드에 파도가 가로막혀 거울처럼 잔잔해진 바다를 보았다.

수면 아래에서 시달려 온 마츠시타의 온갖 괴롭힘. 영악스러운 놈들이라 드러내 놓고는 하지 않는다. 운동화 끈을 끊어 놓거나, 수건을 숨기거나, 구체적으로는 정말 너무나 사소한 것들이다. 하지만 그것들이 하나씩 쌓이다 보면 마음 깊은 곳에 묵직한 응어리가 된다.

무엇보다 끔찍한 것은 평소에는 아무렇지 않게 대하는 놈들마저 동아리에서 집단행동이 되면 고문 선생과 선배들이 좋아하는 마츠시타에게 당연하다는 듯이 들러붙어 버린다는 점이었다.

멍텅구리 같다고 생각하면서도 결국 상처를 입는 자기 자신도 질색이다.

그러니까 이젠 됐어.

그렇게 생각한 순간, 불현듯 뇌리에 검고 긴 머리카락이 스쳐 갔다.

그냥, 잠깐 동아리에 와서 보라는 것뿐이잖아? 좋잖아, 어차피 수영부는 관뒀고.

사와다 시오리라는 여자아이의 고집스러운 말투가 귓가에 맴돈다.

하지만 아무리 그래도 그렇지, 하필이면 '훌라 댄스 동아리'에 들라니 말이 되나? 훌라 댄스라면 여자들이 허리를 흔들어 대는 춤 아닌가.

그런 동아리가 남학생투성이 공업고등학교에 있다는 것조차 몰랐다.

도대체 어째서 하필 내가 훌라 따위에 흥미를 보일 거라고 생각했다는 말인가.

"작업이지, 작업."

검고 긴 머리를 한 여학생이 교실로 자주 찾아오기 시작하자 뒷자리 히라야마는 내뱉듯이 그렇게 말했다.

"훌라니 뭐니 다 핑계야, 분명. 이때쯤 되면 말이야, 우리 학교의 어리숙한 이과 여자애들도 추억을 만들고 싶어 하잖아. 내년에는 취업 아니면 수험이니까. 어때? 한번 만나 봐. 예쁘지 않냐, 걔. 진짜 나라면 감지덕지."

히라야마는 계속해서 웅얼웅얼 중얼거렸다.

글쎄, 사와다 시오리는 입만 다물고 있으면 분명 예쁘다고 하지 못할 것도 없었다.

하지만.

같은 반 하야시 마야의 고개를 푹 수그린 옆얼굴이 떠오른다.

도수 높은 안경을 끼고 언제나 교실 구석에 숨어 있는 마야는 건축과에서 유일한 여자이지만 존재감이 없었다. 어쩌다 눈에 띄는 일이 있다곤 해도 그건 대개 부정적인 경우였다.

건축과 실습엔 힘쓰는 일이 많아 유일한 여학생은 아무래도 거치적거리기도 한다. 게다가 마야의 어딘지 겁먹은 듯한 소극적 태도는 자주 주변에 짜증을 불러일으키곤 했다.

하지만 때로 마야는 유타카에게만은 묘하게 편안한 모습을 보이곤 했다.

그게 언제였더라? 마야가 무거운 모형을 혼자서 필사적으로 옮기는 걸 보다 못해 도와준 적이 있었다. 그때 가까이서 보았던 마야의 표정을 유타카는 지금도 잊지 못한다.

두꺼운 안경알 너머의 눈을 커다랗게 뜨더니, 금세 하얀 뺨을 새빨갛게 물들였다.

누군가가 사랑에 빠지는 순간을 눈앞에서 보고 만 기분이었다.

물론 그 후 마야를 도와준 일로 유타카는 마츠시타 패거리에게서 '선수'라고 놀림을 받았으니 꽤나 큰 피해를 입은 셈이지만.

그리고 나서 마야와 무슨 교류가 있었던 건 아니었다.

그런데도 시오리가 교실로 쳐들어온 뒤로 유타카는 왠지 마야의 시선이 신경 쓰였다.

저 아이는 오해하지 않았으면 했다.

"……뭐야, 이건."

생각해 보니 사랑에 빠진 건, 어쩐지 자기 쪽 같지 않은가.

전혀, 아님.

유타카는 고개를 흔들었다. 하야시 마야는 특별히 귀엽지도 않고 어딘지 촌스러운 데다 무엇보다 제대로 이야기를 나눈 적조차 없었다.

여자 같은 거 상관없이, 나는 남자답게 고등학교 시절을 보낼 거라고.

뭘 하면서?

마음 깊은 곳에서 작은 소리가 들렸지만 유타카는 못 들은 척했다.

흐린 하늘 아래 테트라포드가 쌓여 있는 만은 마치 물웅덩이 같다. 작고 작은. 세상은 좁아.

그건 어딜 가더라도 아마 마찬가지일 것이다.

커다란 재해가 일어나면 그때까지 있던 상식이나 안전은 더없이 간단히 뒤집혀 버리고 '절대' 같은 건 순식간에 어딘가로 사라진다. 무엇을 어떻게 믿으면 좋을지도 알 수 없다.

유타카는 무의식중에 자기 팔을 끌어안았다.

불어오는 바닷바람이 갑자기 차가워진 느낌이다.

이튿날 방과 후.

자전거 거치대로 다가서면서 유타카는 자신의 이마 한쪽이 꿈틀대는 걸 느꼈다.

"……진짜 적당히 좀 할 수 없나?"

자기 자전거 위에 멋대로 걸터앉아 있는 시오리를 앞에 두고 가까스로 차분한 소리를 냈다.

"그러니까 그냥 보기만 하라니까. 올해 내 목표가 남자거든."

"뭐?"

목표가 남자? 역시나 이건 작업인가.

"난 그럴 생각 없다고."

"츠지모토에겐 그럴 생각이 없지만 난 있거든."

시오리는 사뿐히 안장에서 뛰어내렸다.

"저 말이야……."

밀어붙이는 어조에 유타카는 질리고 만다.

"미안하지만 다른 데서 알아보라고. 도대체 어째서 하필 나인 건데?"

전자과 여학생이라니, 지금까지 아무런 접점도 없다. 유타카는 시오리의 이름조차 몰랐었다.

"진짜로 뭐가 목적이야?"

"그야, 당연히 몸이 목적이지!"

그 자리에서 딱 잘라 말하는 통에 유타카는 입을 떡 벌렸다.

"나, 수영부 시절부터 츠지모토를 점찍고 있었거든."

겸연쩍은 기색도 없이 시오리는 손가락질을 해 댔다.

"날씬하지, 햇볕에 그을었지, 엄청 몸 좋잖아."

점점 조여 오는 바람에 유타카는 완전히 할 말을 잃었다.

이 무슨…….

이 무슨 뻔뻔스러운 여자란 말인가.

"게다가 츠지모토, 남들 앞에서 벗는 것에도 저항감 없지?"

시오리가 입꼬리를 올리며 싱긋 웃었다.

아이고.

이 여자, 진짜 무섭다.

유타카는 말없이 시오리를 지나쳐 자전거에 올라타고는, 단번에 속력을 내어 쏜살같이 줄행랑쳤다.

2. 싱가포르에서 온 남자

그날 아침 조회 시간, 담임 하나무라가 웬 남자아이 하나를 데리고 나타났다.

낯선 아이가 우리들 앞에 섰을 때 교실은 묘한 정적에 휩싸였다.

"……그래서 이번 학기에 전학을 오게 된 유즈키다."

아버지의 일 때문에 후쿠시마로 오는 일은 이젠 전혀 별날 것도 없다. 지진 직후에는 아다시의 많은 이들이 현 밖으로 피난했었지만, 방사능이 안정된 현재는 복구 작업 등 때문에 거꾸로 현 밖 사람들이 후쿠시마로 찾아오는 현상이 일어나고 있다.

하지만 이전에 공업 디자인을 공부했던 곳이 싱가포르의 국제 학교라는 전학생의 경력은 현 바깥으로 나간 적 없는 아이들을 압도 했다.

담임의 소개가 끝나자 전학생은 천천히 칠판 앞으로 가더니 분필을 손에 들고 쓰기 시작했다.

끼, 끼끼끼, 끼끼익.

너무 힘을 준 탓에 온몸에 소름이 끼칠 듯한 끔찍한 소리가 났다.

담임을 포함해서 학급 전원이 몸서리를 치고 있는 것에도 아랑곳없이, 전학생은 마지막까지 힘을 주어 쓰더니 겨우 학생들 쪽으로 돌아섰다.

柚月宙彦

균형 잡히지 않은 커다란 글자가 당당하게 적혀 있다.

누가 쓰라고 한 것도 아니고 자진해서 썼건만 별로 잘 쓰지 못하는 것은 해외파인 까닭일까?

"내 이름, 읽을 수 있나요?"

전학생이 진지하게 물었고 교실 안에 미묘한 분위기가 퍼졌다.

그야…… 누가 어떻게 보든 '주히코' 아냐.

뭐야, 이 이름.

교실에 말로 표현하기 어려운 웅성거림이 일었다.

유타카가 어깨 너머로 보니 뒷자리의 히라야마도 어쩌면 좋을지 모르겠다는 표정이다.

"주히코라고 쓰고,"

유타카와 반 아이들의 생각을 읽었다는 듯이 전학생은 목소리를 높였다.

"오키히코라고 읽습니다."

전학생이 말한 순간, 모두들 어쩐지 안도하는 숨을 내쉬었다.

"참고로 형은 우히코라고 쓰고,"

이번엔 전학생이 칠판에 '宇彦'라고 썼다.

"이에히코라고 읽습니다. 아버지가 우주를 좋아하셔서 이런 이름을 붙였습니다. 이웃들은 우주(宇宙) 형제라고들 합니다. 잘 부탁합니다!"

온 교실이 물벼락이라도 맞은 듯 조용해졌다.

어쩌면, 이 언저리에서 웃어야 하는 거 아닌가?

만약 눈앞에 있는 것이 '보통 남자'라면, 까불이 다나카 패거리가 손가락질을 하면서 웃어 대고, 이날부터 전학생의 별명은 '주히코'라고 정해질 수도.

하지만 칠판 앞에 서 있는 것은 어디서 어떻게 보더라도 보통 남자가 아니었다.

굵게 웨이브가 진 검은 머리에 갈색의 작은 얼굴.

모양 좋은 눈썹 아래로 또렷하게 쌍꺼풀 진 흑요석 같은 눈이 반짝이고 있다. 콧대는 늘씬하며 높았고 얇지도 두껍지도 않은 입술은 늠름하게 한일자로 다물어져 있다. 허리 위치가 높고 다리도 엄청 길다.

마치 할리우드 청춘 영화에 등장해서 여자 주인공의 속을 태우는 신비한 아시아 미남 같았다.

국제 학교 출신이라는 경력하며, 이 근처에선 결코 알현한 적이 없는 빼어난 미모하며, 유즈키 오키히코는 교실에 들어온 순간부터 내내 아이들을 압도하고 있었다. 도저히 '주히코' 따위로 부르며 우스갯감으로 삼을 상대가 아니다.

유타카는 남몰래 제일 뒷자리에 앉아 있는 하야시 마야를 돌아보았다.

마야가 평소와 다름없는 모습으로 고개를 숙이고 있는 것을 시야 한쪽에 담고서, 살짝 안심했다.

다시 앞으로 향한 순간, 오키히코와 제대로 시선이 마주치고 말았다.

뭐지?

유타카는 무심결에 눈썹을 찡그렸다.

오키히코는 뜬금없이 유타카를 향해 살짝 엄지를 세워 보였다.

유즈키 오키히코가 아다 공업고에 오고 일주일이 지났다.

미남의 힘, 무서워라.

팬덤은 더 이상 학교 안에만 머물지 않고 온 마을 전체에 이르렀다. 파트타임 일에서 돌아온 엄마가 "너희 반에 엄청나게 멋진 아이가 왔다면서?" 하고 들뜬 음성으로 질문했을 땐 놀랐다. 나이 지긋한 아줌마가 어째서 그런 소문엔 빠삭한 걸까?

28

유타카는 역 앞 패스트푸드점에서 만화 잡지를 읽으며 콜라 컵에 꽂힌 빨대를 씹었다.

최근에는 교문에서 '뻗치기'를 하고 있는 다른 학교 여자애도 보인다.

그런데 오키히코는 이 지역 고등학생들이 생각도 못할 대응을 해서 유타카와 아이들을 전율하게 만들었다.

이 학교에서 여자애들이 따라다닐 때 남자애들의 반응은 단순히 두 가지다. 유타카처럼 도망을 다니거나, 아예 사귀거나.

그런데 오키히코는 어느 쪽도 아니었다.

상큼하게 웃으며 모두와 악수를 한다.

귀여운 아이와도, 그렇지 않은 아이와도, 분명히 수상한 아이와도, 완전히 되바라진 날라리와도, 전혀 차별 없이 말이다.

이런 오키히코의 행동은 여자아이들 사이에서 '신의 대응'이라고 칭송받으며 더더욱 호평을 얻게 된 모양이다. 거절도 영합도 아니고 악수하는 점이 좋다나 뭐라나.

그런데 그것 역시, 내가 했다가는 당연히 웃음거리겠지.

오늘 와 줘서 고마워. 하지만 나는 포기해 줘.

그렇게 시오리에게 손을 내밀고 있는 자기 모습을 상상하자, 유타카는 송충이가 등짝을 기어 다니는 듯한 느낌이 들었다.

그러고 보니 최근 그 스토커 얼굴이 안 보인다. 포기해 준 거라면 다행이지, 하며 유타카는 완전히 씹어 대 찌부러뜨린 빨대로 미지근해진 콜라를 빨아들였다.

아무 생각 없이 입구 쪽을 본 순간, 빨대를 물고 있던 유타카의 입가가 굳어졌다.

즐겁게 이야기를 나누며 가게 안으로 들어온 낯익은 교복 차림의 두 사람. 커다란 눈동자에 검고 긴 머리카락, 그리고 굵게 웨이브 진 앞머리를 이마에 늘어뜨린 큰 키의 작은 얼굴.

유타카는 정신을 차리고 서둘러 기둥 뒤로 숨었다.

세상에, 이런.

머릿속에서 재생되고 있던 두 사람이 현실이 되어 찾아왔다. 더구나 친한 듯이 이야기를 나눠 가며.

오키히코에게 얼굴을 기울이고 흥분한 기색으로 이야기를 하고 있는 시오리의 모습에 유타카는 얼굴이 달아오르는 것 같았다.

저 스토커, 잠깐 안 보이나 싶더니 이렇게 간단히 싱가포르 녀석에게 고무신을 거꾸로 신을 줄이야…….

진짜 염치도 없네, 세상에 낯도 두껍지!

나를 보고 당당히 '몸이 목적'이라고 말씀하셨으니 이번엔 오키히코의 '얼굴이 목적'일지도 모른다.

도망쳐, 주히코. 그 여자는 바로 얼마 전까지 나한테 들러붙으려던 마녀라고.

기둥 뒤에서 텔레파시를 쏘았지만, 오키히코는 시오리의 이야기를 흥미롭다는 듯이 듣고 있었다.

마침내 두 사람은 오렌지 주스와 아이스 커피를 쟁반에 들고 사이좋게 2층으로 올라갔다.

유타카는 무심결에 참고 있던 숨을 뱉는다.

어쩐지 자기만 남겨진 것 같아 기분이 나쁘다.

됐네, 됐어, 됐다고. 저런 여자애, 상관없어.

어째서 이 몸이 어느새 차인 것처럼 되어 버린 거야?

모두 멋대로들 하라고.

유타카는 콜라 컵을 쓰레기통에 처넣고는 가방을 어깨에 둘러메고 패스트푸드점을 나섰다.

종례가 끝나자마자 유타카는 가방을 들고 서둘러 일어섰다.

그 찰나에 등 뒤에서 어깨를 두드렸다.

히라야마다 싶어 돌아보니 완벽할 정도로 좌우 대칭인 아몬드 같은 검은 눈동자가 바라보고 있다.

"여어, 유타카. 그럼 함께 가 볼까?"

느닷없이 손을 내미니 유타카는 당황한다.

패스트푸드점에서 본 뒤로 가능하면 시야에 담지 않으려 애쓰고 있던 오키히코의 얄미울 만큼 싱그러운 미소가 눈앞에 있었다.

이 녀석의 말투가 어딘지 모르게 연극 대사 같은 것은 역시 해외파이기 때문일까?

무엇보다, '유타카'가 뭐람?

처음으로 말을 거는 상대한테 대놓고 성이 아닌 이름으로 부른다고?

역시 싱가포르파라서 우리네 상식의 범주를 넘어선다. 6교시는 영어였는데, 그럼 그렇지, 영어 선생은 한번도 오키히코를 지명하지 않았다.

현명한 판단이라고 해야겠지.

이 할리우드 아이돌 스타 같은 용모에 대놓고 네이티브 잉글리시까지 하기 시작했다가는 틀림없이 학급 전원 몰사이리라. 여태껏 '영어 능력자'로 콧대 높던 인간들도 산산조각으로 날아가 버릴 테니까.

멍하니 마주 보고 있으니, 그대로 팔을 꽉 잡는다.

"자아, 가자니까."

"가다니, 어딜?"

얼핏 보면 여리여리해 보이지만 의외로 힘이 세다. 끌려갈 것 같아서 유타카는 서둘러 팔을 풀어냈다.

"당연하잖아, 시청각실."

"뭐? 시청각실 가서 어쩌자고?"

"훌라 동아리 견학. 시오리가 기다리고 있어."

더할 나위 없이 상큼한 대답에 유타카는 얼굴이 굳어졌다.

할 말을 잃은 유타카를 달래듯이 오키히코는 웃어 보였다.

"유타카도 댄스에 흥미가 있지? 그래도 혼자서 견학을 갈 용기는 없는 모양이라고 시오리한테 들었거든. 내가 같이 갈게. 자, 함께 가 보자고.”

하도 기가 막혀서 유타카는 뭐라고 대꾸할 말이 안 나온다.

싱긋 웃고 있는 시오리의 잘난 척하는 얼굴이 떠올랐다.

그 여자애……!

도대체 이 녀석한테 뭔 소리를 한 거야? 이 몸께서 홀라에 관심이 있다고? 혼자서 견학을 갈 용기가 없어?

농담하냐?

홀라라니, 여자들이 허리를 흔드는 춤 아닌가. 그런 데 흥미가 있는 남자는 게이 아니면 여자를 홀리려는 바람둥이뿐이다.

용감하게 부정하려는 순간, 앞자리에서 큰 소리가 났다.

“하! 홀라라고? 수영 다음은 반쯤 벌거벗은 여자가 추는 허리비틀기 춤? 진짜 말도 안 된다.”

“역시나 선수. 아, 그런데 혹시나, 츠지모토가 게이라든지.”

지금 막 유타카가 속으로 생각했던 것을 마츠시타와 다나카가 큰 공이라도 세운 양 기고만장해서 떠들었다.

“어, 설마, 정답?”

다나카가 놀리는 바람에 교실 안의 공기가 출렁였다. 문득 한쪽에서 놀란 듯이 얼굴을 들고 있는 하야시 마야의 모습이 시야에 들어와 유타카의 볼이 상기되었다.

“NONSENSE!”

그때, 맑은 음성이 교실을 꽉 채우며 울렸다.

완벽한 네이티브 악센트로 발음한 한마디가 '난센스'라는 사실을 깨닫는 데만 몇 초가 걸렸다.

유타카보다 먼저 마츠시다 패거리에게 대꾸한 것은 뜻밖에도 유즈키 오키히코 쪽이었다.

"훌라가 여자만의 것이라고 생각하고 있다면, 그건 인식이 부족한 거야. 그게 아니면 말도 안 되는 편견이고!"

딱 잘라 말한 오키히코의 박력에 교실은 쥐 죽은 듯 고요하다.

"훌라는 하와이의 문자라고도 할 수 있는 귀중한 문화야. 문화가 여성만의 것일 리 없잖아? 애당초 고대 훌라는 남성의 춤이었어. 훌라를 반라의 여성들이 허리를 흔드는 춤이라고만 생각한다면 네가 서구에서 흘리고 다니는 관광 산업의 이미지에 오염되어 있다는 증거지. 사실, 네가 생각하고 있는 훌라는 전통적인 훌라하고는 동떨어진 거라고."

당당하게 앞을 응시하고 있는 오키히코는 남자가 봐도 흘려 버릴 만큼 늠름하다.

그리고 완벽한 미모에서 흘러나오는 정론이라니, 충분하고도 남는 설득력이 있었다.

"말하자면 지금 너는 기모노 입은 여성은 모조리 게이샤라고 믿고 있는, 얄팍한 지식밖에 없는 얼간이 외국인과 마찬가지야."

직전까지 마츠시타와 똑같은 생각을 하고 있던 유타카는 오키히코가 쏟아 내는 정론의 탄환에 문자 그대로 가슴을 관통당했다.

"뭐야, 너는……."

하지만 다나카 패거리 앞이기 때문인지 마츠시타는 얼굴이 굳어지면서도 그리 간단히 물러서려 하지 않았다.

"외국에서 왔다고 잘난 체하지 마. 여기엔 이곳의 가치관이라는 게 있다고."

"그, 그렇지. 유즈키, 이제 막 전학 왔잖아. 좀 참으시지."

'두목'의 반격에, 기죽어 있던 꼬맹이들도 거들어 본다.

"애당초 어째서 이 학교에 훌라 동아리 같은 게 있는 건데? 그런 건 몇몇 여자애들이 잘난 체하고 싶어서 하는 거 아냐? 시청각실도 좀 더 의미 있는 데 쓰는 게 좋지 않을까?"

다나카에게 지원 사격을 받자 마츠시타의 얼굴에도 화색이 돈다.

"사실 우리 형님 시절 여긴 남고였거든. 공업고에 여자라니, 확실히 거치적거린다고."

마츠시타의 위압적인 음성에 마야가 파르르 어깨를 떨었다.

"맞아, 맞아. 귀엽기나 하면 또 모르지만 음침하게 안경 낀 너구리라니, 우울해진다……."

"어이, 잠깐, 있어 봐!"

묘하게 창끝이 마야를 향하는 바람에 유타카는 자기도 모르게 일어섰다.

"모두 입시를 치르고 여기 입학한 거야. 남자든 여자든 관계없잖아."

그렇다.

애당초 여자에게 친절하다고 해서 다른 남자애들이 따돌리는
구도 자체가 어딘가 잘못된 거다.

사나이든 아이돌 스타든 관계없다. 힘없는 여자를 돕는 건 당연
한 일인데 그걸로 '선수'니 하고 놀려 대는 편이 이상하다.

"시끄러……."

마츠시타가 하려던 말을 유타카는 끝까지 듣지 못했다.

"역시, 유타카! EXCELLENT!"

큰 소리로 외치며 오키히코가 느닷없이 끌어안았기 때문이다.

"관, 관두…… 놓으라고!"

"자, 시시한 건 잊어버리고, 빨리 가자, 유타카!"

완전히 신이 난 오키히코가 팔을 움켜잡는다.

"왜 이름을 막 불러?"

갑작스러운 전개에 유타카는 당황했다.

하지만 흥분한 오키히코는 넋이 빠진 마츠시타 패거리는 상관
하지 않고 서둘러 복도로 나가려고만 했다.

설마 이런 묘한 기백이 있는 놈이라곤 생각도 못 했다.

"됐으니까 좀 놔. 내 발로 걸을게."

끌려가는 것이 싫어 팔을 풀어내자, 기가 막히게 반짝반짝하는
눈빛이 돌아왔다.

"나의 베스트 프렌드가 되어 줘, 유타카."

과연, 뻗치기를 하는 여자애들 모두와 악수를 하는 왕자님. 입에 담는 말 한마디 한마디가 모두 범상치 않아.

"너, 그 얼굴이 아니었다면 절대로 이 세상 살아갈 수 없었을걸."

"땡큐, 유타카."

"별로 칭찬이 아닌데."

유타카가 뭐라고 하든 끝없이 상큼한 웃음이 돌아온다.

이 태도, 누군가와 닮았다.

문득 유타카의 뇌리를 기다란 검은 머리가 스쳐 갔다.

시오리와 마찬가지로 오키히코도 전혀 분위기를 읽으려 하지 않는다.

하긴 분위기만 읽으면서 주류에 묻어가려 드는 녀석들보다 어쩌면 어울리기 쉬울지도 모르겠네.

아무렇지 않게 이야기를 하고 있다가도 목소리 큰 마츠시타가 나타나는 순간, 허둥지둥 자기에게서 떨어져 가는 부원들이나 반 아이들의 모습을 떠올리니, 오키히코의 티 없는 웃음이 마음 어딘가에 스며들었다.

정신을 차리고 보니 유타카는 오키히코와 함께 시청각실 앞까지 와 있었다.

"역시 유즈키, 정말로 데리고 와 줬구나!"

오키히코가 문을 열자마자 운동복 차림의 시오리가 달려왔다.

유타카의 눈앞에서 오키히코와 시오리는 하이파이브. 비상식 콤비의 따라갈 수 없는 텐션이다.

맥 빠진 눈으로 바라보고 있는데 시오리가 돌아본다.

"처음부터 순순히 오라니까."

내려다보듯 하는 말투에 발끈한다.

시청각실 안에는 여학생 몇 명과 말라빠진 콩나물 같은 남학생, 누가 봐도 아저씨 같은 덩치 큰 남학생이 있었다. 벽 쪽의 여자애들은 오키히코를 보자마자 뭐라고 속닥거리면서 손을 맞잡고 흥분하고 있었다. 눈치챈 오키히코가 시오리 곁을 떠나며 미소를 보이자 꺄악, 하고 조그만 환성이 터졌다.

못 봐주겠네.

남학생은 1학년과 3학년일까? 아다 공고는 교복이나 운동복에 학년 구분이 없어서 몇 학년인지 알아보기 어렵다.

그래도 어쨌든 저 '아저씨'는 선배겠지.

유타카가 홀라 동아리 멤버 같은 남학생을 보고 있는데 시오리가 손바닥을 마주쳤다.

"자, 자, 올해는 남학생 네 명이 다 왔네요. 이제 우리 동아리, 아누에누에 오하나도 완전히 새로운 포메이션을 짤 수 있습니다."

"잠깐, 기다려!"

제멋대로 이야기를 하는 통에 유타카는 당황한다.

"나는 가입한다고 말한 적……."

그때 큰 소리를 내며 시청각실 뒷문이 열렸다.

"늦어서, 미안!"

커다란 종이봉투를 끌어안고 들어온 것은 하야시 마야였다.

유타카는 목에 걸린 말을 꿀꺽 삼켰다.

하늘하늘한 응원용 술 같은 것들이 들어 있는 종이봉투를 방 한쪽에 내려놓더니 마야가 새빨간 얼굴로 다가왔다.

"츠, 츠지모토, 아까는 고마워."

유타카 앞까지 오더니 마야는 깊숙이 고개를 숙였다.

"아니, 뭘, 별로……."

유타카는 어쩔 줄 몰랐다.

"굳이 나 때문은 아니라는 걸 알지만, 그래도 엄청 기뻤어. 내가 우리 반에 짐 덩어리라는 건 알고 있었으니까."

"그런 거 아니라니까."

마야와 이렇게 이야기를 나누는 건 처음이다.

"나, 시오리……가 아니라 사와다가 아누에누에 오하나에 남자 회원을 받겠다고 해서 실은 진짜 불안했는데, 들어오는 게 츠지모토라면 기뻐. 뭐랄까 엄청 안심이 되거든."

안경 너머로 젖은 듯한 눈이 보여, 유타카는 머릿속이 새하얘졌다.

설마 마야가 훌라 동아리 회원일 거라고는 생각지 못했다. 오키히코가 아니었으면, 바로 그 마야 앞에서 훌라를 모멸하는 말을 내

뺄을 뻔했다.

유타카가 아무 말도 못하고 있는데 마야가 문득 정신이 들었다는 듯한 표정을 지었다.

안경 건너 눈이 커다래지더니 눈앞에서 볼이 점점 더 붉어졌다.

"미, 미안. 느닷없이 이상한 소리를 해 버렸네."

"아, 아니, 별로."

"정말 미안해!"

마야는 무릎에 닿을 만큼 고개를 숙이고 얼른 돌아섰다.

"저, 비품 조금 더 가져올게요."

말하자마자 다시 뒷문으로 달려 나가 버린다. 유타카는 멍하니 그 뒷모습을 바라보았다.

앞의 말 취소.

하야시 마야는 귀엽다. 객관적으로 귀엽지 않을지 몰라도 개인적으로 엄청 귀엽다.

정신 차리고 보니 시청각실의 모든 사람이 자신을 보고 있었다.

오키히코와 눈이 마주친 순간.

척, 하고 엄지손가락을 들어 보였다.

3. 아누에누에 오하나

어쩌다 이렇게 되어 버린 거지?

찬찬히 생각을 하려니 유타카는 머리가 아파 온다.

"유타카, 자, 가자."

종례가 끝나자마자 오키히코가 반짝반짝 웃으며 다가온다.

도대체 언제부터 내가 이렇게 눈에 띄는 전학생의 '베스트 프렌드'가 되어 버린 걸까?

일반 서민과 동떨어진 감각으로 살고 있는 녀석에게 저항해 봤자 소용없다. 무슨 소릴 해도 오키히코는 그것을 자신에 대한 호의로만 해석한다.

누가 뭐래도 이 얼굴이니. 어려서부터 누구에게나 사랑받고 존

중받기만 했겠지.

천진난만의 무서움이여, 유타카는 뼈저리게 느꼈다.

"됐으니까, 좀 놔. 잡아당기지 말고."

팔짱 끼려 드는 걸 막으며 유타카는 일어선다.

마츠시타와 다나카의 시선이 느껴지지만 그들은 아무 말도 없다. 그들은 또 그들대로 오키히코에게 반론을 당하는 것의 불편함을 통감하고 있는 모양이었다.

등 뒤에서 존 윌리엄스•가 작곡한 배경 음악이 흘러나올 것만 같은 용모에 당당하게 정론을 펼치는 오키히코를 상대했다가는, 설령 반의 주류라 해도 순식간에 악당이 되어 버릴 수밖에 없다.

지금까지 틈만 나면 유타카를 못살게 굴던 마츠시타가 멋쩍다는 듯이 입을 다물고 있는 걸 보니까 조금은 속이 풀리는 것 같다.

"자아, 오늘은 우리도 드디어 실전에 도전하는 거야."

하지만 오키히코가 명랑하게 뱉어 낸 말에 유타카는 풀이 죽었다.

남자의 훌라 댄스라니, 역시 상상할 수가 없다.

허리에 술을 달고 만면에 웃음을 지으며 몸을 흐느적대는 자신이라니, 생각만 해도 메슥거린다.

"얼른 서둘러. 마야는 벌써 가 버렸다고."

"하야시는 상관없잖아."

• 존 윌리엄스: 「스타워즈」「인디아나 존스」 등의 영화 음악을 만든 작곡가.

"상관이 왜 없어? 같은 반이고 같은 동아리 멤버인데."

정색을 하고 반문하니 투덜대는 자신이 멍텅구리 같기도 하다.

유타카는 한숨을 내쉬고 가방을 어깨에 멨다. 하여간 오키히코와 같이 있으면 뭔가 이상해진다.

함께 복도로 나서는데 전교생의 십분의 일도 안 되는 여학생들과 이상하게 많이 마주친다.

아무래도 그들은 오키히코의 움직임을 티 안 나게 쫓아다니는 낌새.

너무 잘생긴 것도 힘들겠네.

슬쩍 쳐다보니 오키히코는 태연하게 앞만 보고 걷고 있다.

복도를 지나 동쪽 교사로 들어서자 겨우 아무도 없어졌다.

"저 말이야."

계단을 내려가던 유타카는 전부터 마음에 걸리던 이야기를 꺼내 보았다.

"해외에서 이쪽으로 오면서 무슨 소리 들은 거 없어?"

"무슨?"

"……원전 사고라든가."

실제로 입에 담으려니 가슴이 서늘해진다.

이제 후쿠시마는 FUKUSHIMA로 해외 뉴스에서도 흔히 다루어진다.

그 가운데는 추수 직후의 논밭 사진을 싣고는 식물이 모조리 말

라 죽었다는 둥 말도 안 되는 거짓말을 유포하는 SNS까지 있다고
들었다.

"방사선량이 기준치 이하로 내려갔다는 건 데이터로도 증명되
었고 체르노빌의 상황과 다르다는 것쯤 대부분의 사람들이 이해
하고 있어. 분명 과격한 소리를 하는 사람도 있지만, 나도 가족들
도 신경 안 써."

오키히코는 똑바로 유타카를 바라본다.

"게다가 유타카도 여기서 살고 있잖아."

"그건 그렇지만."

그건 이 마을이 태어났을 때부터 자신의 현실이기 때문이다.

하지만 여기 살고 있는 사람 사이에도 여러 의견이 있고 어느
쪽을 믿어야 할지 모르겠다.

무엇이 진실인지도 알 수 없다.

원전 사고가 터지고 나서 유타카의 세계는 좁아지고 작아졌다.
이미 일어나 버려 어찌할 수도 없는 변화 앞에서 개인의 힘은 매
우 약하다.

눈앞의 조그만 세계는 팔방이 막혀 있고 어디에도 출구는 보이
지 않는다.

유타카가 잠자코 있는데 문득 어깨에 손이 올라왔다.

"그렇지만 자기 고향을 그런 식으로 말하는 건 끔찍하지?"

계단참의 창문으로 들어오는 햇살에 오키히코의 구불거리는 머

리카락이 반짝였다. 교정에서 운동부의 구령 소리가 들려온다.

"우리 아빠가 원래 후쿠시마 출신이야."

"뭐?"

"그러니까 유타카의 기분을 잘 알아. 아빠는 늘 말하지. 이대론 안 된다고."

이대론 안 된다. 그럼 어떡하면 되지?

좁은 세계에서 나가는 길은 도대체 어디 있는 걸까?

'부흥'이라는 말을 습관처럼 들이밀 때마다, 초조함을 넘어 허망함을 닮은 기분을 느끼곤 한다.

"우리 아빤 말이야, 재생 가능 에너지 전문 기술자거든."

그 말에 유타카는 자기도 모르게 고개를 들었다.

오키히코는 천천히 고개를 끄덕인다.

"아빠는 부체식(浮體式) 양상(洋上) 풍력 발전 연구에 참여하려고 이리로 돌아온 거야."

후쿠시마 난바다에서는 삼 년 전부터 바다 위에 떠 있는 방식의 풍력 발전 연구가 진행되고 있었다. 풍력 발전은 2020년을 향한 '신생 후쿠시마' 계획의 중요한 기둥 중 하나이기도 하다.

"우리가 배우고 있는 공업 디자인은 이런 시스템을 더욱 효율적으로 하는 일은 물론이고, 되도록 인공적이거나 위압적으로 보이지 않게 만드는 데도 엄청 도움이 되지."

일상용품의 기능 디자인만을 배워 왔던 유타카는 오키히코가 말하는 커다란 스케일에 깜짝 놀랐다. 워낙 일상에서 벗어나 있는 오키히코가 말해서인지 오히려 허풍처럼 들리지 않았다.

오키히코는 티 없는 웃음을 머금고 있다.

사고에 관해 말했는데 어두운 기분에 빠지지 않은 건 정말 오랜만이다.

하지만 시청각실이 가까워지자 유타카의 발걸음은 저도 모르게 느려졌다.

시청각실에서는 늘어지는 듯한 스틸 기타와 더없이 한가로운 우쿨렐레 소리가 새어 나오고 있다.

오키히코가 여는 문 너머로 눈길이 닿는 순간, 유타카의 발은 완전히 멈추었다.

느긋한 음악에 맞추어 흔들흔들하며 허리를 돌리고 있는 여자아이들 사이로, '아저씨'와 '콩나물'이 기묘한 본오도리•를 추고 있었다.

"오오! 남자들도 추고 있네."

오키히코는 좋아했지만 유타카는 벌어진 입을 다물지 못했다.

이게 정말로 훌라인 거야?

가슴 앞에서 양팔을 파도처럼 너울대고 있는 여자들이야 그렇다 치고, 그 사이로 들어가 허리를 낮추고 춤을 추는 남자들이라니.

• 본오도리: 일본에서 음력 7월 15일 밤에 둥글게 모여 추는 전통 춤.

파고, 파고, 또 파고. 둘러메고, 바라보고, 밀고, 밀고…….

이거야 원, 완전히 탄광의 노래 아니냐고요.

게다가 두 남자애 모두 미간에 주름을 잡고 필사적인 얼굴로 춤추고 있다.

확실히, 괴상하다.

그들 앞에서 팔짱을 끼고 있던 시오리조차 미묘한 표정을 짓고 있었다.

"시오리."

전혀 분위기를 읽으려 들지 않는 오키히코의 밝은 음성에 시오리가 돌아본다.

"아, 기다렸잖아!"

갑자기 얼굴이 확 밝아졌다.

"이게 홀라 아우아나의 남자 춤이야?"

"응, 일단. 동작은 대충 맞는데 표정이 좀 뭐랄까……."

시오리는 재미있다는 듯 묻는 오키히코에게 대답하고 나서 운동복 차림으로 주저주저 춤을 추고 있는 두 남자 쪽으로 돌아섰다.

"자, 남자들! 웃어요, 웃어!"

'아저씨'와 '콩나물'이 굳은 표정인 채 억지로 입술만 벌려 보인다. 점점 더 가관이다.

이게 동작이 맞는 거라는 말에도 놀랄 수밖에.

안 돼. 난 못해. 역시 집에 가자.

그렇게 생각한 순간, 시오리가 손뼉을 쳤다.

"네, 좋아요. 잠깐 스톱!"

일단 음악이 멈추고 앞에서 춤추던 아이들이 모였다. 음향 기기를 다루고 있던 하야시 마야도 암막 뒤에서 나왔다.

"지난번에 제대로 소개할 시간도 없었고, 출석 못 했던 멤버도 있어서 다시 한번 새 멤버를 소개하겠습니다!"

모여든 여자애들은 모두 볼이 발개져 있다. 시선 끝에 있는 건 물론 오키히코였다.

3학년인 듯한 '아저씨'와 1학년으로 보이는 '콩나물'도 유타카와 오키히코 맞은편에 서 있었다.

"창립 오 년째를 맞은 우리 훌라 동아리 아누에누에 오하나입니다만, 올해 처음으로 남자 회원을 맞이하게 되었습니다. 회장인 제가 스카우트해 왔어요. 건축과 2학년 두 분입니다."

시오리의 말에 오키히코가 순순히 한 걸음 앞으로 나선다.

"건축과의 유즈키 오키히코입니다. 전에는 싱가포르 인터 스쿨에서 공업 디자인 공부를 했습니다. 이 학교에 막 전학을 왔지만 여러분, 잘 부탁드립니다."

반짝반짝 왕자님께서 가슴에 손을 대고 목례하자 방 한쪽에 모여 있던 여자아이들 틈에서 열렬한 박수가 쏟아졌다.

으악, 진짜 못 해 먹겠네.

정말 기가 막혔지만 여기서 빼는 것도 뭐랄까, 유치한 것 같다. 곁에 있는 오키히코가 여유 있게 웃는 얼굴로 돌아보니 더욱 그렇다.

"자, 얼른 해."

시오리의 건방진 재촉을 덮어서 지워 버리듯 유타카는 목소리를 높였다.

"마찬가지, 건축과 2학년, 츠지모토 유타카."

슬쩍 움직인 시선이 마야와 딱 마주쳤다. 생긋 웃는 통에 심장 박동 단숨에 가속.

"그리고 이쪽은 남자 회원 모집과 동시에 입회 신청을 해 준 신입생 나츠메 다이가 군."

역시 '콩나물'은 1학년? 하지만 다이가*라니, 정말 안 어울리는 이름이군.

"전기과 1학년 나츠메입니다."

어?

"상점가에 있는 나츠메 식당 아들입니다. 좋아하는 음식은 돈가스 덮밥과 불고기, 카레와 양갱입니다."

유타카는 당황했다.

건너편에서 고개를 숙인 것은 완전히 상급생이라고 믿어 의심치 않았던 '아저씨' 쪽이었다.

"나츠메는 유도부도 들었지?"

*다이가: 호랑이(타이거)라는 뜻.

시오리의 보충 설명에 다이가는 "옙." 하며 유도 자세를 잡는다. 유도부 고문 선생이라고 해도 믿을 만큼 겉늙었다.

"그리고 같은 전기과 1학년 우스바 겐이치 군."

'콩나물'이 앞으로 나서 고개를 숙인 채 입 안에서 웅얼웅얼 뭐라고 했다.

"······이······고······다."

전혀 안 들린다.

"자, 다음은 여학생. 이쪽이······."

막 이어 가려는 시오리를 막아서듯이 키가 큰 단발머리 여학생이 앞으로 나섰다.

"공업화학과 2학년 안제 모토코입니다. 일단은 부회장이고요."

가늘고 긴 눈으로 똑바로 유타카와 오키히코를 응시했다. 대놓고 열정적인 시오리와 대조적으로 냉정하고 어른스러운 인상의 여학생이다.

방 한쪽에 모여 있던 나머지 네 명의 여학생들도 차례로 자기소개를 했지만 유타카는 중간부터 누가 누군지 알 수 없어졌다. 물론 모른다고 문제 될 건 없을 듯했다. 그 아이들은 애당초 오키히코만 보고 있었으니까.

왕자님께 홀려 있는 여학생 네 명은 모두 1학년이다.

"마야는 츠지모토들이랑 같은 건축과니까 새삼 소개할 필요 없지? 그리고 제가 5대 회장인 사와다 시오리이옵니다."

웃고 있는 마야를 건너뛰고 시오리가 연극배우 같은 동작으로 고개를 숙였다.

"3월까지는 선배들도 있었지만 두 사람 다 츠쿠바 대학을 목표하고 있는 진학반이라서, 3학년이 되자마자 은퇴해 버렸거든. 우리 동아리, 지금부터 여름까진 꽤나 힘들어지니까."

뭐라고?

마지막 한마디가 걸렸는데 시오리는 얼른 화제를 바꿨다.

"참, 그리고 아누에누에 오하나라는 건 하와이 말로 '무지개 패밀리'라는 의미야. 참고로 하와이 말의 패밀리는 혈연과는 상관이 없어. 말하자면 가족 같은 친구라는 거지. 그러니 우린 이미 패밀리니까 잘 부탁해."

농담하냐? 멋대로 패밀리로 삼다니.

"저 말이야, 나 정식으로 입회한 게 아니거든."

"뭐라고? 아직도 그런 소릴 하는 거야?"

유타카의 저항에 시오리가 노골적으로 얼굴을 찡그렸다.

"남자가 네 명 있어야만 포메이션을 짤 수 있거든."

"그런 건 나랑 상관없잖아."

"지금부터 또 새로 남자들을 스카우트하는 건 우리도 정말 힘들다고."

"그러니까 그런 건……."

말하다 말고 유타카는 불현듯 입을 다물었다.

암막 끝자락을 잡고 있는 마야가 심각한 얼굴로 이쪽을 보고 있다.

들어오는 게 츠지모토라면 기뻐. 뭐랄까 엄청 안심이 되거든.

지난번 마야에게 들었던 말이 되살아나서 유타카는 말을 이어 갈 수 없었다. 기분 탓인지 마야가 눈물을 글썽이는 것 같기도 하다.

"어……어쨌든, 임시 입회라는 걸로 해 둬."

결국 유타카는 그런 식으로 얼버무렸다.

"참가해 주기만 한다면 임시든 뭐든 좋을 대로 해. 정말이지 우유부단하다니까."

시오리가 과장되게 한숨을 내쉬었다.

마야의 굳었던 표정이 부드러워지는 걸 보고 유타카는 안도했다.

착각이 아니다. 하야시 마야는 분명 자신을 특별히 생각한다. 의지하고 있다고 할 수도 있다.

그런 재확인이 남모르게 유타카의 가슴을 뜨겁게 했다.

"좋아요. 자, 연습으로 돌아갑시다."

시오리가 다시 손뼉을 쳤다.

"오늘은 교실을 둘로 나누어서 우선 남자와 여자가 따로 연습합시다."

시오리의 말에 네 명의 1학년 여학생들이 대놓고 유감스러운 표정을 지었다. 오키히코 왕자님과 함께 춤추는 걸 기대했을 테니까.

"그렇게 안 하면 지금은 수준이 너무 다르니까! 무엇보다 츠지모토는 난생처음이잖아."

시오리는 마야, 모토코와 함께 암막을 쳐서 교실을 둘로 나누었다.

처음이니까 기본 스텝이라도 배우나 했더니 시오리가 느닷없이 DVD 한 장을 내밀었다.

"자, 이걸 보고 부록 교본을 읽으면서 연습해 둬."

무슨 소린가 싶어 쳐다보았지만 시오리는 팔짱을 낀 채 저 혼자 고개를 끄덕이고 있었다.

"훌라 아우아나는 나중에 합동 연습을 할 거고 남자들은 우선 오테아부터 들어가. DVD를 보면 어떻게든 될 거야. 오테아는 무엇보다 박력이거든."

"그러니까."

끝도 없이 제 말만 하는 것에 유타카는 분통이 터졌다.

"그 훌라…… 어쩌고, 오테아 저쩌고라는 게 도대체 뭐냐고?"

"아, 그런가? 우선 거기부턴가?"

처음 깨달았다는 듯이 시오리가 눈을 크게 떴다. 나쁜 의도는 없겠지만 어디까지나 자기 위주로만 움직이는 것이다.

유타카의 질렸다는 표정에 아랑곳하지 않고 시오리는 설명을 시작했다.

"간단히 말하자면, 훌라 아우아나라는 건 현대의 훌라야. 방금 전에 나왔던 「알로하 오에」라든가 「블루 하와이」라든가, 훌라라고 하면 누구나 금세 떠올리는 하와이 음악에 맞추어 추는 춤 말이야. 이에 비해 고전 훌라인 카히코라고 하는 게 있는데 이건 좀 특수하니까 지금은 생략할게."

스틸 기타와 우쿨렐레의 느긋한 음악에 맞춰 추는 것만이 훌라 댄스는 아니라는 이야긴가?

"그리고 오테아라는 건 타히티 춤의 일파로……."

"어이, 잠깐 기다려."

유타카는 머릿속이 점점 복잡해졌다.

"타히티 춤이라고? 훌라가 아니라?"

"그 부분은 설명하기가 꽤 성가신데 요컨대 훌라도 타히티 춤도 원조를 따지자면 남태평양 폴리네시아인들이 흘러가서 닿은 섬이나 육지에서 종교 행사라든가 오락을 위해 만들어진 거야."

오랜 옛날 — 일설에 따르면 기원전 2세기쯤 — 타히티섬에 이주한 폴리네시아 사람들은 거기서 타히티 춤을 만들었고 그 춤이 하와이로 건너가 독자적인 변화를 겪어 훌라 댄스가 되었다고 한다.

"여러 가지 설이 있긴 한데 어쨌든 훌라도 타히티도 뿌리는 같다는 것."

시오리는 중단의 뜻으로 검지를 세웠다.

"어려운 건 이만 됐고, 우선 DVD를 보면서 제대로 외워. 오테아라는 건 타히티 춤 중에서도 가장 남자답고 다이내믹한 춤이야. 오테아를 완벽하게 하려고 일부러 남자들을 끌어들인 거니까."

시청각실 뒤쪽에서 탁, 탁, 하는 소리가 난다. 암막 너머를 들여다보니 마야와 모토코가 책상을 치우고 1학년 여학생들이 바닥에서 본격적인 스트레칭을 시작하고 있었다.

"게다가 역시 남녀가 함께 하지 않으면 진짜 훌라라곤 할 수 없기도 하고."

점차 시오리의 말에 열기가 담긴다.

"훌라라는 게 하와이 문자라고도 할 수 있는 귀중한 문화거든. 문화가 여자들만의 것일 리가 없잖아? 고전 훌라인 카히코는 처음부터 남성들의 춤이었고. 훌라를 반라의 여성들이 허리를 흔드는 춤이라고 생각하는 녀석들은 알팍한 지식밖에 없어서 기모노 입은 여성은 모조리 게이샤라고 믿고 있는 얼간이 외국인과 마찬가지야."

어?

어디선가 들어 본 대사다.

얼른 오키히코를 봤더니 시치미를 떼고 있다.

이 녀석, 당당하게 풀어내던 정론이 모조리 얘한테서 나왔던 거야!

"어쨌든."

시오리가 유타카의 어깨를 두드린다.

"츠지모토가 중심이 되어 어떻게든 오테아를 완성해 봐. '본심'이 머지않았으니."

"뭐어?"

유타카는 입을 떡 벌렸다.

어째서 자신이 중심인 건지도 알 수 없고 무엇보다 '본심'이라는 게 대체 뭘까?

"너, 지금 무슨 소릴 하는 거야?"

"'너'가 아니라 '사와다'."

"아니, 그러니까 어째서 내가 중심이냐고?"

필사적으로 저항하는 유타카에게 시오리는 싱긋 웃어 보였다.

"그 정도 점프력을 보여 줘 놓고 이제 와 무슨 소릴."

들러붙는 시오리에게서 도망치려고 계단을 다섯 개씩 달려 내려갔던 일이 불현듯 떠올랐다.

"그 정도 다리 힘이면 오테아 같은 건 따 놓은 당상이지."

악마의 미소를 지으며 시오리는 운동복 주머니에서 종이를 꺼내 들이밀었다.

"어쨌든 스케줄은 여기 전부 적어 두었으니까."

종이 맨 위에는 '아누에누에 오하나 위문 일정'이라는 글자가 춤추고 있다.

유타카는 당황해서 빽빽하게 적혀 있는 일정을 훑어보았다.

5월 5일. 케어 서비스 센터 아다……

"어이, 이건 바로 다음 달이잖아?"

"그러니까 우물쭈물하고 있을 틈이 없다니까. 다들 남성 훌라를 기대하고 있으니까, 힘내."

호호호 웃음소리를 드높이면서 시오리는 긴 머리를 펄럭이고는 암막 너머로 사라져 간다.

남은 건 우두커니 서 있는 다이가와 겐이치라는 뚱뚱이와 홀쭉이 1학년 콤비와 어쩐지 묘하게 설레는 듯한 표정의 오키히코, 그리고 나뿐이었다.

"유타카, 재미있겠다, 그렇지?"

"시끄러워!"

오키히코가 건네 온 말을 즉시 물리쳤다.

4. 오테아

시청각실 안에 경쾌한 북소리가 울려 퍼진다.

화면에서는 토에레라고 부르는 통나무 같은 북에서 흘러나오는 리듬에 맞추어 반라의 늠름한 남자들이 발끝으로 서서 허리를 굽히고 무릎을 격렬히 오므렸다 벌렸다 하고 있었다.

리듬에 따라 팔을 가슴 앞에서 교차한다. 그동안에도 무릎의 움직임은 멈추지 않는다.

유타카는 팔짱을 끼고 화면을 응시했다.

얼핏 보면 단순한 것 같지만 실제로 해 보면 엄청 어렵다.

수영으로 단련되어 있는 유타카조차 첫날과 둘째 날은 허벅지에 근육통이 왔다.

내가 이 정도이니.

유타카는 옆에서 함께 DVD를 보고 있는 비상식 왕자님과 뚱홀 1학년 콤비를 바라본다.

"좋아, 자, 우선 여기까지 해 볼까?"

DVD 트랙을 1로 돌려놓고 화면을 보면서 한 줄로 섰다.

부록에는 기본 스텝도 들어 있었지만 타모라는 둥, 아미라는 둥, 파오티라는 둥, 의미 불명 단어들로 설명되어 있으니 차라리 영상을 보면서 따라 하는 편이 빠르겠다 싶었다.

시오리 가라사대 "어쨌든 오테아는 흥과 박력이 중요"하다는 것이다.

하지만 움직이기 시작하자마자 전원의 움직임이 끔찍할 만큼 제각각이라는 걸 깨달았다.

특히 1학년 콤비.

다리 힘이 없는 겐이치는 발끝으로 서는 단계에서 이미 비틀비틀할 정도여서 무릎을 열고 닫는 속도가 빨라지는 것을 전혀 따라오지 못한다. 다이가는 다리를 움직이면 팔이 멈춘다. 팔을 움직이면 다리가 멈추고.

설상가상, 두 사람 모두 리듬감 없음.

자기처럼 '함정에 빠진' 거라면 또 모르지만, 어째서 이 뚱홀 콤비가 자발적으로 훌라 동아리에 들어온 건지 유타카로서는 도무지 알 수 없는 수수께끼였다.

한쪽에선 오키히코가 즐겁게 춤을 추고 있다. 일단 용모가 군계일학이니 나름 봐 줄 만하지만 아쉬워라, 오키히코에겐 주변에 맞추어 춤을 춘다는 개념 자체가 결여되어 있었다.

이런 상태로 과연 다음 달 위문에 맞출 수 있을까?

연습을 시작하기 전, 겐이치가 기어들어 가는 소리로 떠듬떠듬한 이야기로는 훌라 동아리 아누에누에 오하나는 생겨난 이래 오년 동안 백오십 곳 이상의 양로원과 보육원에서 위문 공연을 해 왔다. 그런 활동이 실은 이 지역에선 나름 유명해서 대기업 스폰서가 붙기도 하는 모양이었다.

1학년 겐이치와 다이가가 알고 있는 사실을 유타카는 지금까지 전혀 몰랐다.

이 동아리를 만든 사람은 보건실의 기하라 유이 선생인데, 고문인 유이 선생이 현재 출산 휴가 중이라는 사실까지 후배에게서 들으려니 아무래도 좀 겸연쩍긴 했다.

"선배 주제에 유타카는 정말 아무것도 모르는구나."

눈치 없는 오키히코가 대놓고 하고 싶은 말을 다 해 버리니 더욱 그렇다.

지금까지 그런 생각을 깊이 해 본 적은 없었지만 어쩌면 나는 익숙하지 않은 것들을 무의식중에 잘라내 버리는 버릇이 있었는지도 모른다. 마야에 대해서도 머리 한쪽에서는 신경을 쓰면서도 굳이 시야에 담지 않으려 하고 있었다.

익숙하지 않은 것들에 다가가는 일은 솔직히 성가셨다.

하지만 그런 자신이 설마, 아무런 인연도 없었던 타히티 춤을 한가운데 서서 추게 될 줄이야.

토에라의 리듬이 바뀌면서 새로운 동작으로 들어간다.

엉거주춤한 자세 그대로 팔을 수평으로 뻗고 한쪽 발로 뛰어오르면서 오른쪽 왼쪽으로 이동한다.

이것 또한 힘들다.

네 남학생이 일제히 뛰어오르자 시청각실이 요란하게 울린다. 특히 다이가는 마룻바닥을 뚫어 버릴 기세로 쿵쿵대고 있다. 그 옆에서 겐이치가 발이 미끄러져 엉덩방아를 찧는다.

"우와, 엄청난 소리. 어때, 잘돼?"

암막 너머에서 검고 긴 머리카락을 찰랑거리며 시오리가 얼굴을 내민다.

잘될 리가 없지.

바닥에 뒹굴고 있는 겐이치와 전혀 움직임이 맞지 않는 유타카들을 보고 시오리는 살짝 눈썹을 찡그렸다.

"츠지모토, 잠깐."

손짓을 하더니 시오리는 암막 너머로 사라져 버렸다.

어째서 이 녀석까지 막 부르는 거야?

유타카는 발끈했지만 일단 오키히코에게 맡겨 두고 따라갔다.

"생각보다 더 난항이네."

시청각실 구석의 화이트보드 앞까지 가더니 시오리는 휙 돌아섰다.

"당연한 거 아냐?"

유타카는 한숨을 내쉰다.

시청각실엔 시오리 외에 여학생은 보이지 않는다. 오늘은 복도의 유리창을 거울 삼아 움직임을 확인하고 있다고 한다.

"이쪽은 댄스 같은 건 처음이니까."

"그야, 뭐. 그래도 츠지모토랑 유즈키 군은 나름대로 스텝을 밟고 있는 거 같아."

왜 나만 성을 막 부르는 건데?

"다만 1학년은 저대로는 안 되겠네. 특히 우스바 군은 스캣부터 제대로 하는 편이 나을지도."

"그렇게 여유 부리다간 5월에 못 하지."

시오리는 좀 생각하는 듯이 시선을 떨구었다.

그렇게 입을 다물면 의외로 얌전해 보인다. 태풍처럼 자신을 휘몰아 온 시오리에게도 이런 표정이 있었나, 유타카는 살짝 뜻밖이었다.

"포메이션에 따라 어떻게 될 것 같아. 잠깐 고문한테 상의해 볼게."

그런 다음 고개를 들었을 때, 시오리는 평소의 고집 센 눈초리로 돌아와 있었다.

고문……이라 하면 출산 휴가 중인 기하라 선생인가?

"기하라 선생님은 학교에 안 나오는 거 아냐?"

"그렇긴 한데……."

말하다 말고 시오리는 입을 다물었다.

유타카는 다음 말을 기다렸지만 시오리는 더는 입을 열지 않았다. 그 대신 결심한 듯한 웃음을 지었다.

"괜찮아. 어떻게든 될 거야."

그런 근거 없는 확신은 도대체 어디서 솟아나는 것일까?

유타카가 미심쩍어하는 것을 본 시오리가 등짝을 팍, 하고 후려쳤다.

"그런 얼굴 하지 마. 어쨌든 마지막 안무만은 제대로 해 줘."

마지막 안무란, 앞으로 구부리고 서 있는 1학년 두 명을 유타카와 오키히코, 2학년 두 명이 등 뒤에서 짚고 넘어 착지하는 것이다. 옆에서가 아니라 등 뒤에서 넘어야 하니 꽤 높이 뛰어야 한다.

두 사람은 그 전 단계에서 몇 번이나 좌절한 탓에 마지막 부분까진 아직 연습도 못 하고 있다.

유타카가 뛰어넘는 쪽은 콩나물 겐이치다. 등판에 손을 짚는 순간 팍, 찌그러지는 건 아닐까 하는 끔찍한 예감이 들었다.

그때, 유타카의 상상을 구현한 듯한 흉한 소리가 암막 너머에서 차례차례 울렸다.

돌아와 보니 전원이 바닥 위에 널브러진 꼴이 볼만하다.

"마지막 언저리 탕, 탕, 타탕 하는 부분에서 아무래도 미끄러지 네."

오키히코가 옆구리를 문질러 가며 웃고 있다. 다이가의 거대한 몸이 엎드려 있고 그 옆에 겐이치는 숨도 가까스로 붙어 있는 듯.

이래서야, 정말 어떻게든 될까?

거의 포기하고 있는 유타카 옆에서 시오리가 "자, 자." 하며 손 뼉을 친다.

"오테아는 일단 거기까지 하고 여자들이 돌아올 때까지 훌라 아 우아나의 기본 스텝을 복습해 둘까?"

"그거 참 나이스 아이디어네, 시오리."

비상식 콤비가 하이파이브를 교환하는 옆에서 뚱홀 1학년들도 주춤거리며 일어났다.

"자, 일단 음악을 틀게."

시오리가 오테아 DVD를 끄고, 그 대신 CD를 재생하자 시청각 실에 우쿨렐레와 스틸 기타 반주에 맞춘 팔세토(falsetto)● 소리가 흘러나왔다.

"거기, 츠지모토도 계속 이상한 얼굴 하고 있지 말고 빨리 줄 서."

손짓에 따라 유타카도 마지못해 오키히코 옆에 가 섰다.

"우선 '벤도'로 서!"

● 팔세토: 남성들의 가장 높고 아름다운 가성.

남자들 앞에 선 시오리는 허리에 손을 갖다 대고 무릎을 기역 자로 구부렸다. 벤도라고 불리는 이 자세는 모든 훌라 스텝의 기본이다.

"자, 카오!"

벤도 자세 그대로 허리를 천천히 좌우로 흔든다. 이때 허리의 움직임에 맞추어 발뒤꿈치를 들어선 안 된다. 최대한 양발을 바닥에 붙인 채 매끄럽게 체중 이동을 반복한다.

"어깨는 흔들리지 않게, 상반신을 고정하고!"

단순한 허리 흔들기라고 생각하겠지만 카오 동작은 상반신의 균형을 잡는 것이 좀처럼 쉽지 않다. 자칫하면 어깨가 흔들거리고 만다.

여유로워 보이는 허리 흔들기 댄스에 실은 상당한 다리와 허리 힘이 필요했던 것이다.

"훌라는 스텝도 중요하지만 가장 중요한 건 웃는 얼굴이야, 웃는 얼굴. 입꼬리를 제대로 올리라고."

시오리가 척, 입꼬리를 올려 보였다.

말하기는 쉽다만 실제로 춤을 추면서 하려면, 이게 또 엄청 힘들다. 어색하기도 하고 스텝에 집중하다 보면 저절로 미간에 주름이 잡히는 것이다.

"좋아, 다음, 카호로!"

카오의 움직임을 유지한 채 이번엔 좌우로 두 걸음씩 나간다. 면

저 발을 내밀고 시계추처럼 부드럽게 체중을 옮겨 싣는 것이다.

"상반신은 흔들지 말고. 허리는 누운 8을 그리고!"

체중 이동이 제대로 되면 수면을 미끄러지듯 우아한 움직임이 되겠지만 상반신의 균형이 깨져서 흔들리면 그야말로 기묘한 동작이 된다. 특히 여성의 움직임에 비해 팔 동작이 약간 직선적인 아우아나의 남성 춤은 자칫하면 그냥 본오도리가 된다.

지금 흘러나오는 「코우라」라고 하는 하와이 음악은 카우아이섬에 있는 수원(水源)의 아름다움을 칭송하는 노래이건만 허리와 상반신이 함께 노는 1학년 콤비는 누가 봐도 역시 탄광춤이다.

이에 비해 오키히코는 카호로 동작이 꽤 능숙하다. 전후좌우로 살랑살랑 이동한다.

"유즈키 군, 카호로는 완벽하네. 여학생하고 맞춰 봐도 손색이 없을 듯."

시오리가 좋아 죽는 얼굴로 오키히코를 보았다.

"응, 이건 결국 포 카운트에 투 스텝이니까. 룸바랑 마찬가지잖아."

룸바라고?

또다시 오키히코가 일반 서민은 꿈도 못 꿀 소리를 한다.

"어머, 유즈키. 룸바도 출 수 있는 거야?"

"사교댄스는 대충 배웠거든. 프롬에서 여성분들을 에스코트해야 하니까."

여기까지 오면 뭔 소린지 도통.

뭔 놈의 여성분들이야, 뭐가 프롬이냐고? 플럼(자두) 씨라도 목에 걸려서 죽어 버려!

유타카가 속으로 퍼붓고 있으려니 시오리가 돌아서 이쪽을 향했다.

"츠지모토 역시 기본은 되어 있네."

오호라, 뭐든지 할 수 있어서 괴로운 이 몸이여.

"유타카, 재미있지?"

유타카의 마음속 소리를 알 리 없는 오키히코가 만면에 미소를 띠고 말한다.

"시끄러워!"

대답과 동시에 시청각실 뒷문이 열리고 여자아이들이 돌아왔다. 오늘 여자애들은 반바지 위에 파우라고 부르는 주름이 듬뿍 들어간 스커트를 입고 있다.

유타카는 일순, 눈을 크게 떴다.

트로피컬한 꽃무늬 파우 스커트를 두르니 평소에 수수한 이과 여학생들도 꽤나 화려하다. 게다가 마야가 안경을 벗었다.

커다란 검은 눈동자와 시선이 마주치자 유타카는 무심결에 가슴이 덜컹했다. 도수 높은 두꺼운 안경이 마야의 반짝이는 눈동자를 꽤나 작아 보이게 했던 모양이다.

"어서 와!"

시오리가 「코우라」CD를 멈춘다.

"어땠어?"

"응, 동쪽 건물 유리문 앞은 사람들이 별로 안 다니니까 연습하기 좋아."

부회장 안제 모토코가 담담한 얼굴로 끄덕였다.

"있잖아, 안제. 기껏 왔으니까 이쪽에서 여자들 오테아를 남학생들한테 한번 보여 줄까?"

시오리가 자기도 파우 스커트를 입으면서 모토코에게 물었다.

"파우 차림으로?"

"우선은 이걸로 괜찮아. 모레는 아직 전부 안 됐으니까. 이이는 있고!"

유타카로선 의미를 알 수 없는 단어를 주고받으며 시오리는 옷장을 열더니 비닐을 가늘게 갈라서 만든 응원용 술 같은 걸 꺼냈다.

주저 없이 술을 나누어 주기 시작한 시오리에게 졌다는 듯 모토코는 한숨을 내쉰다.

"1학년, 출 수 있어?"

모토코의 물음에 네 명의 여학생이 힘차게 고개를 끄덕인다. 그 아이들 시선 끝에서 오키히코가 웃는 얼굴로 손을 흔들고 있다.

"자아, 남자들. 잘 보고 있어."

시오리가 멈춰 두었던 DVD를 켰다.

딴딴따딴, 따딴따 딴따…….

아까 들은 나른한 하와이 음악과 전혀 다른 토에레의 힘차고 경쾌한 리듬이 울려퍼졌다.

그 순간,

키에에에에에에 ── 엣!

카랑카랑하게 높은 새소리 같은 구령이 시청각실의 공기를 찢었다.

한 줄로 늘어선 여학생들이 허리로 파우 스커트를 격렬히 흔들고 손에 든 술을 휘두르며 조금씩 이동해 나간다.

중심에 선 시오리가 술을 둥글게 돌리며 화려한 스텝을 밟는다.

좀 전까지 아무렇지 않게 이야기를 나누던 시오리가 돌연 낯선 사람처럼 보였다.

시오리도, 모토코도, 그리고 마야조차 여지껏 본 적 없는 요염한 웃음을 짓고 있었다.

같은 학년 여학생들이 갑자기 댄서의 얼굴이 되어 있었다.

키에에에에에에 ── 엣!

도대체 어디서 이런 소리가 나오는 걸까?

술을 휘익 흔들고 뒤로 돌아서더니 격렬하게 좌우로 허리를 흔들면서 앞뒤로 움직인다.

한 줄이 두 줄이 되었다가 다시 한 줄로 돌아간다.

1학년 여학생들은 아직 어색한 구석이 있지만 이미 일 년 동안 연습을 해 온 시오리, 모토코, 마야 2학년 트리오는 격렬한 허리 동작이나 술을 둥글둥글 회전시키는 팔 동작까지 딱딱 들어맞는다.

다시 한번 기이한 소리가 높다랗게 솟았을 때, 유타카는 깜짝 놀랐다.

소리를 내고 있는 사람은 하야시 마야였다.

교실에서는 항상 푹 숙이고 있던 얼굴을 들고 똑바로 정면을 응시하면서 날카로운 구령을 붙이고 있다. 그 음성에는 힘과 자신감이 흘러넘친다.

나를 봐!

그렇게 고함치고 있는 듯했다.

절도 있는 동작도 상큼한 표정도 평소의 마야라고는 도저히 생각할 수 없다.

유타카는 멍하니 춤추고 있는 여학생들을 바라보았다.

댄스라는 건 이렇게까지 사람을 바꾸어 놓는 걸까?

남학생투성이 교실에서 머뭇머뭇 주눅 들어 있는 마야와는 전혀 다른 사람이다.

다시 한번 앞의 말은 취소. 개인적으로 귀여운 게 아니다.

하야시 마야는 정말로 귀엽다.

하얀 얼굴에 홍조를 띠고 약간 갈색이 섞인 단발머리를 찰랑이며 발랄하게 춤추는 모습은 정말 매력적이다.

시오리도 모토코도 1학년들도 반짝반짝 빛나는 듯 보였다.

오키히코와 다이가, 겐이치 역시 매료된 듯이 숨을 죽이고 있다.

유타카는 마음속으로 한숨을 살짝 내쉬었다.

어쩌면, 오테아는, 훌라는.

약 오르지만, 멋진 것일지도.

5. 바람

긴 종례가 가까스로 끝나자 유타카는 가방을 어깨에 메고 오키히코와 함께 복도로 뛰어나왔다. 오늘은 바람이 세서 복도 창문이 덜컹덜컹하고 있다.

"비 오려나?"

짙은 구름으로 뒤덮인 하늘을 오키히코가 불안하다는 듯이 올려다본다.

"글쎄, 일기 예보에선 그런 말 없었는데."

4월 들어 처음엔 엄청 덥더니만 요 며칠 낮은 기온이 이어지고 있다. 오늘도 집에 가는 시간이 꽤 늦어질 텐데 그때 비가 내리는 건 좀 짜증 난다.

수업 끝나면 바로 집에 가게 될 줄 알았었는데 유타카는 요즘 1학년 때보다 더 바쁘다.

위문 공연이 있을 황금연휴가 코앞이다.

날마다 방과 후 세 시간. 시청각실이나 복도 유리문 앞에서 유타카는 오키히코, 1학년 콤비와 열심히 스텝을 밟고 있다.

훌라의 기본은 투 스텝인 카호로, 다리를 45도 앞으로 내미는 헤라, 발끝으로 서는 스텝이 들어가는 우베헤. 이것들을 응용한 렐레 우베헤, 칼라카우아 등이 있다.

오테아에서 무릎을 여닫는 동작은 파오티. 허리를 잘게 움직이는 것은 파아라푸.

처음엔 이런 이름들을 외우는 것도 벅찼다.

시청각실 문을 열자, 이미 다이가와 겐이치가 1학년 여학생들과 스쾃을 하고 있다.

웅크리고 앉아 손끝을 바닥에 대고, 온몸을 쭉 펴면서 이번에는 손끝을 천장을 향해 쭉 뻗어 올린다. 고문인 기하라 유이 선생이 고안해 낸 스쾃은 꽤 힘들다.

"18, 19, 20!"

구령에 맞추어 손끝을 천장으로 뻗어 올리고 나서 여학생들은 비명을 지르며 바닥에 쓰러졌다. 다이가 역시 이마의 땀을 훔쳐 냈고 겐이치는 소리도 못 내고 웅크렸다.

스쾃 다음은 2인 1조로 하는 스트레칭이 시작되었다.

유타카는 지금까지 일부 여학생들이 시청각실에서 이렇게 본격적인 운동을 하고 있다는 사실을 전혀 몰랐다. 실은 체육관을 쓰고 싶었겠지만 체육관은 농구부와 배구부가 점령하고 있다.

그렇지 않아도 압도적으로 남학생 위주인 이 학교에서 지금은 출산 휴가에 들어간 기하라 고문 아래 그들은 소리 없이, 하지만 착실하게 이렇게나 본격적인 훌라 댄스를 연습해 온 모양이다.

"아, 기다렸어!"

방 한쪽에서 무언가 하고 있던 시오리가 고개를 들었다.

한쪽으로 모아 놓은 책상 위에서 시오리는 모토코와 함께 비닐 테이프를 가늘게 가르고 있었다. 오테아에서 사용하는 술 — 핸드 태슬을 만들고 있는 것이다. 이 핸드 태슬을 하와이 말로 '이이'라고 부른다. 원래 이이는 남국의 식물을 가늘게 갈라서 만들지만 시오리는 전부 100엔 숍에서 사온 비닐 테이프로 대신하고 있었다. 소모품에 회비를 쓸 수는 없다는 것이 시오리의 말이다.

슬쩍 둘러보니 마야는 아직 안 온 모양이다.

"오늘은 이따가 남녀 같이 포메이션을 확인할 거니까 제대로 해 둬."

"네에, 네에."

시오리의 거만한 말투에도 꽤나 익숙해졌다.

"아, 그리고 이거 읽어 둬."

책가방을 바닥에 내려놓는 순간, 책 한 권을 들이민다.

"남자들도 슬슬 이런 걸 읽어 두는 편이 좋겠대, 안제가."

받아 들고 보니 하와이의 역사책이었다.

"훌라의 역사를 아는 편이 앞으로 춤을 추는 데 좋지 않겠냐고."

시오리의 말에 비닐 테이프를 가르고 있던 안제 모토코가 가볍게 턱을 들어 보인다.

뭐든지 밀어붙이고 보는 시오리와 달리, 부회장인 모토코는 이론을 중시하는 모양이다.

"알았어. 쉬는 시간에 읽어 볼게." 고개를 끄덕이는 유타카의 귓가에 "쓱 훑어보면 돼. 그보다는 스텝 완성해 둬." 시오리가 속삭였다.

아무래도 회장과 부회장의 의견이 완전히 일치하진 않는 듯.

"네, 네. 자, 여자들은 또 동쪽 건물 복도로 이동해 봅시다."

만들다 만 이이를 선반에 넣으면서 시오리가 손뼉을 쳤다. 1학년 여학생들은 아쉽다는 듯이 오키히코를 바라보며 일어섰다.

여학생들이 복도로 나가자 시청각실엔 유타카를 비롯한 남자들만 남았다.

"좋아, 자, 우리들도 해 볼까?"

스트레칭을 하고 있던 1학년 콤비가 한숨 돌리는 것을 기다린 유타카는 오테아 DVD를 틀었다.

탄탄타탄 타탄타 탄타…….

토에레의 경쾌한 리듬이 울리기 시작하자 자연스레 발이 움직인다. 이미 모두 화면을 보지 않아도 움직일 수 있게 되었다.

출산 휴가 중인 고문이 내리는 지시에 의지하고 시오리와 모토코가 이러쿵저러쿵해 가며 포메이션을 생각한 결과, 앞줄의 유타카와 오키히코, 뒷줄의 다이가와 겐이치가 무릎 여닫는 속도를 달리하기로 했다.

앞에서 둘이 춤추고 있는 동안 뒷줄에서는 파오티의 속도를 약간 느리게 한다. 전원이 제각각인 것보다야 그쪽이 보기가 나을 거라고 판단했다.

다만 한쪽 다리로 통통 뛰면서 대각선으로 움직이는 부분은 네명 모두 동작을 맞추어야만 한다.

처음과 비교하면, 겨우 열흘 남짓 만에 겐이치도 다이가도 곧잘 따라오게 되었다.

특히 겐이치는 1학년 여학생들과 함께 점심시간에도 스캇 특훈을 하고 있는 모양이었다.

발끝으로 서서 격렬하게 무릎을 여닫는 걸 오 분 정도만 해도 가슴팍이 땀으로 흥건해진다.

"헤이!"

토에레의 리듬이 바뀌는 것과 동시에 구령을 붙이고 한쪽 다리로 리듬을 탄다.

"헤이! 헤이! 헤이!"

살짝 허리를 굽히고 수평으로 팔을 내뻗으며 한쪽 다리로 뛰어서 대각선으로 이동한다. 그리고 다음엔 반대편 다리로 원래 있던 위치로 돌아온다.

"우스바, 늦어!"

균형이 깨진 겐이치가 허둥지둥한 탓에 포메이션이 흔들렸다. 다이가도 반대편 다리를 내밀고 있다.

실전에선 여기에 나선을 그리듯이 여학생들이 들어온다. 누군가 늦으면 포메이션이 전체적으로 깨져 버린다.

"그랬다간 여자애들이랑 부딪힌다고."

유타카가 목소리를 높인다.

겐이치도 머리로는 알고 있겠지만 아무래도 다리가 따라와 주질 않는 것이다. 그래도 열심히 스텝을 밟아 나간다.

무릎을 여닫으면서 겐이치와 다이가가 앞으로 나와 허리를 굽힌다.

드디어 피날레다.

유타카와 오키히코가 뒤에서 힘껏 달려가 1학년 콤비의 등을 손으로 짚고 뛰어넘어 착지. 이때 양다리를 공중에서 커다랗게 벌리는 것이 포인트다.

"으악!"

뛰어넘는 순간, 유타카와 오키히코의 발이 부딪쳤다.

그 바람에 엎드리고 있던 겐이치와 다이가까지 모조리 쓰러져 버린다.

"끼악!"

알아차렸을 때는 턱부터 바닥으로 곤두박질치고 있었다.

순간적으로 손을 짚어서 다행이었지, 조금만 늦었으면 혀를 깨물 참이었다. 바로 옆에 떨어진 오키히코도 팔꿈치를 부딪쳐서 자지러졌다.

도중에 포메이션이 흔들리면서 마지막에 겐이치와 다이가 사이의 간격이 좁아졌던 것이다.

"어이, 괜찮아?"

앞으로 엎어진 겐이치를 부축해 일으키며 유타카는 자기 머리도 흔들어 보았다. 볼 안쪽을 깨물었는지 피 맛이 난다.

스텝을 외우는 것만으로는 오테아를 완성하지 못한다. 처음에 비한다면야 엄청 좋아졌다지만 여전히 갈 길이 먼 듯하다.

모두 큰 부상은 아니라는 것을 확인하고 나서 일단 좀 쉬기로 했다.

시청각실 바닥 여기저기 주저앉았다. 시오리가 "읽어 둬."라며 건네주었던 책을 찾고 있는데 문득 등 뒤에서 부른다.

"선배."

돌아보니 다이가가 자기 가방에서 뭔가를 꺼내고 있다.

"양갱 먹을래요?"

큼직한 양갱을 통째로 들이밀어서 유타카는 말문이 막혔다.

"……아니, 안 먹어."

"그래요?"

다이가는 쓱 뒤돌아 오키히코랑 겐이치에게도 같은 말을 반복했고 모두에게 거절을 당하자 말없이 양갱 포장을 벗겨 그대로 우걱우걱 먹기 시작했다.

"몸을 움직이면 단것이 먹고 싶어지지."

오키히코는 명랑하게 고개를 끄덕였지만 아무리 그래도 저렇게 큰 양갱을 통째로 먹다니.

"나츠메, 너 말이야. 요즘 여기만 줄곧 와 있는데 유도 쪽은 괜찮아?"

암만 봐도 후배라고는 안 보이는 노안에게 물으니 "문제없어요." 바로 답이 돌아온다.

"……는……다."

바닥이 스쳐서 나는 소리인가 싶었는데 겐이치가 웅얼웅얼 입술을 움직이고 있다.

"뭐라고?"

귀를 갖다 대고 잘 들어 보니 "다이가는 검은 띠입니다."라고 하는 거였다.

"우스바, 너, 목소리 좀 크게 내."

"미……."

아이고, 됐네.

아무리 그래도.

유타카는 호쾌하게 양갱을 물어뜯고 있는 다이가와 그 옆에서 무릎을 감싸 안은 채 고개를 숙이고 있는 겐이치를 번갈아 바라보았다.

이 두 녀석은 왜 하필이면 홀라 동아리에 들어온 걸까? 전부터 홀라를 해 오지 않았던 건 확실하고 둘 모두 댄스에 소질이 있는 것도 아닌 듯하다.

애초에 두 사람은 어떻게 알게 된 걸까?

같은 전공이라고는 해도, 고등학교에 들어오고 나서 의기투합했다고 보기엔 접점이 없어도 너무 없는 듯하다. 그렇다면 중학교가 같았던가, 아니면 더 어릴 때부터 알던 사이일까?

유타카는 한숨을 내쉬고 들고 있던 책으로 눈을 떨군다.

섣부른 질문은 할 수 없다.

이전 같으면 가볍게 할 수 있던 질문도 지금은 못 한다.

중학교까지는 반 아이의 배경이라야 뻔했지만 고등학교에는 여러 곳에서 학생이 모여든다.

지진을 겪고 나서 아이들은 상대방의 형편에 대해 물을 수가 없게 되었다. 특히 원전 사고의 피해를 그다지 받지 않았던 아다 시에는 거주가 제한된 지역에서 많은 이들이 이주해 왔다.

외부에서는 'FUKUSHIMA'라고 하나로 뭉뚱그리지만 실제로 후쿠시마에 살고 있는 사람들이 입은 피해는 그야말로 천차만별이다. 어떤 마을 출신인지, 어디 살고 있는지, 부모는 무얼 하고 있는지, 전에는 가볍게 물을 수 있던 질문들을, 같은 후쿠시마현에 사는 유타카 같은 아이들끼리도 할 수 없게 된 것이다.

상대가 얼마나 무거운 과거를 지녔는지를 가늠할 수 없기 때문이다.

거의 피해를 입지 않은 내가 가볍게 물은 것이 상대에게 깊은 상처를 입히는 경우도 있었다.

이런 것들은 물리적인 복구와는 달리 지진이 일어나고 오 년이 지난 지금까지도 결코 나아지지 않는다.

"그런데 유타카, 그 책엔 뭐가 적혀 있는 거야?"

오키히코가 말을 걸어와 유타카는 어쩐지 안도했다.

지진과 전혀 관계없는 싱가포르에서 온 오키히코와 이야기할 때는 쓸데없이 신경을 쓰지 않아도 된다.

"훌라의 역사라나. 사와다가 읽어 두래."

책에 따르면, 유명한 「알로하 오에」를 작곡한 사람은 하와이 왕국의 마지막 왕인 릴리우오칼라니 여왕이라고 한다.

"릴리우오칼라니는 비극의 여왕으로 유명하다. 왜냐하면 19세기 말, 그녀가 통치하고 있던 하와이 왕국이 백인의 쿠데타로 전복되어 버렸기 때문이다."

유타카가 책을 낭독하자 다이가와 겐이치도 흥미가 있는지 고개를 들었다.

'안녕, 그대'라고 번역되는 「알로하 오에」는 실은 빼앗긴 나라를 생각하는 여왕이 탄식하는 노래였다고도 해석하는 모양이다.

이런 이야기가 사실이라면, 「알로하 오에」가 서양인을 위한 관광 상품이 된 훌라 댄스 쇼에 널리 사용되고 있는 현실 자체가 아이러니다.

그리고 현재 하와이에서는 서구에 맞춰진 아우아나를 관광객용 '쇼'가 아니라 원래의 하와이 문화로 되찾으려는 움직임과 고전 훌라인 카히코를 일찍이 남성만이 추었던 종교 의식으로서 부활시키려는 움직임 등이 활발한 모양이다.

역시. 훌라가 원래는 남성의 춤이었다고 하는 시오리의 말이 거짓은 아니었나 보다.

정장 차림의 당당한 릴리우오칼라니 여왕의 사진 옆에 하와이 말로 쓰인 「알로하 오에」의 가사와 그것을 영역한 「Farewell to You」의 가사가 실려 있다.

"어이, 유즈키. 네가 나설 차례야. 뭐라고 쓰여 있어?"

유타카는 영어로 쓰인 가사를 오키히코에게 들이밀었다.

네이티브처럼 영어를 할 수 있는 오키히코니 영어를 일본어로 옮기는 것도 식은 죽 먹기이리라 여겼기 때문이다.

하지만 영어 가사를 보자마자 오키히코는 "하하하." 하고 웃음을 터뜨렸다.

"뭐야, 유타카. 알 리가 없잖아. 이거 영어라고."

"뭐?"

유타카는 자기도 모르게 눈이 휘둥그레졌다.

"아니, 너 영어 할 줄 아는 거 아냐?"

"그렇게 따지자면 유타카도 할 줄 알잖아? 일단은 수업에서 배웠으니까."

유타카가 말문이 막히자, 오키히코가 집게손가락을 세우며 말했다.

"아, 어쩌면 내가 싱가포르에서 왔다고 영어를 할 줄 알 거라 생각했어? 유감이네. 인터 스쿨이라고 해도 우리 반은 일본인하고 중국인투성이였거든."

"그래도 너 아무렇지 않게 난센스라는 둥, 엑설런트라는 둥 했잖아?"

"아, 그거야 싱가포르가 다민족 국가라서 공용어가 영어이긴 한데, 간단한 단어만 할 수 있으면 길거리에선 어찌어찌 되거든."

이, 이 녀석.

깔깔대며 웃는 오키히코를 보고 있으니 유타카는 점점 화가 치밀어 올랐다.

"유타카도 꽤나 단순하네. 그래도 중국어는 약간 할 수 있어. 니하오마?"

"시끄러워!"

유타카가 오키히코를 한 대 치려던 바로 그 순간, 뒤에서 문이 열리며 종이봉투를 든 마야가 시청각실로 들어왔다.

서둘러 떨어지니 오키히코가 마야를 향해 엄지를 들어 올린다.

"마야, 나이스 타이밍!"

이 녀석, 기필코 언젠가 한 대 갈겨 줄 거야.

"마침 잘됐네. 지금 쉬는 중?"

유타카와 오키히코의 소동을 모르고 마야가 종이봉투를 든 채 다가왔다.

"괜찮으면 잠깐 재도 돼?"

"잰다고?"

되묻는 유타카에게 마야는 종이봉투 안에서 줄자를 꺼내 보였다.

"이번 의상. 내가 만들거든."

의상?

"그렇다곤 해도……."

마야의 음성을 지우듯이 다시 문이 열리더니 시오리를 앞세운 여자아이들이 우르르 들어왔다. 이쪽도 꽤나 열심히 스텝을 밟았던 듯 모두들 상기된 표정이다.

"아, 마야. 장보기 땡큐. 비는 안 왔어?"

"오진 않았지만 금세 쏟아질 것 같았어."

마야는 종이봉투를 책상 위에 놓는다.

"그래? 힘들었겠네. 언제나 고마워. 츠지모토, 어때? 여학생들이랑 맞춰 볼 수 있어?"

마야에게 말하고는 시오리는 유타카 쪽으로 얼굴을 돌렸다. 유타카가 오키히코 쪽을 바라보자 어쨌든 모두 고개를 끄덕였다.

"좋아! 잠깐 쉬고 오늘은 끝까지 다 함께 맞춰 보자!"

시오리의 지시에 1학년 여학생들이 손을 맞잡고 조그만 환성을 지른다. 그들의 시선 끝에서 오키히코가 친절하게 손을 흔들고 있었다.

하교 시간이 아슬아슬할 때까지 포메이션을 확인하고 교실로 돌아왔을 때는 유타카도 오키히코도 마야도 기진맥진했다.

우아한 허리 흔들기 춤이라고만 생각했던 훌라가 이렇게나 체력을 소모하는 것일 줄이야. 격렬한 리듬의 오테아뿐 아니라 느릿한 멜로디에 맞추어 춤을 추는 훌라 아우아나 역시 계속해서 허리를 굽히고 있어야만 하니 춤이 끝날 무렵엔 넓적다리가 욱신욱신했다.

"아, 결국 쏟아지네."

마야의 목소리에 밖을 내다보니 거센 빗줄기가 유리창을 두드리기 시작한 참이었다.

"그래도 나 비상 우산 있어. 중간까지 씌워 줄게."

마야가 책상에서 꽃무늬 접이식 우산을 꺼냈다. 조그만 우산에 세 사람이 들어가기는 어려울 것이다. 무엇보다 여자애랑 한 우산이라니.

유타카의 볼이 붉어진다.

"됐어, 난 자전거니까."

힘차게 교실을 나서려는 순간, 어깨를 꽉 잡혔다. 돌아보니 오키히코의 묘하게 말간 눈이 보인다.

"NONSENSE! 이럴 땐 같이 가야지, 유타카."

귓가에 대고 속닥이는 바람에 유타카의 눈이 커졌다.

"마야, 유타카를 씌워 줘. 나를 기다리고 있는 우산은 얼마든지 있으니까."

"무, 무슨 소리……."

허둥지둥하고 있는 유타카에겐 전혀 신경 쓰지 않고 마야가 "그렇네." 하고 얌전한 음성으로 말했다.

"유즈키는 언제나 교문 앞에 팬들이 잔뜩 기다리니까."

뭐라고?

마야의 어딘가 빗나간 대답에 어이없어하는 동안 오키히코는 윙크를 남기고 교실을 뛰어나가 버렸다.

"자, 갈까?"

준비를 마친 마야가 생긋이 웃었다.

그 음성이 너무 자연스러워, 정신이 들고 보니 유타카는 고개를 끄덕이고 있었다.

"저기 말이야."

계단 앞까지 함께 내려와 유타카는 마야에게 물었다.

"사와다라든가 같이 가는 거 아냐?"

"아니, 시오리는 오늘 고문에게 간다고 했고 안제는 동아리 활동 빼고는 혼자 있고 싶나 봐. 게다가 모두 집 방향이 다르거든."

여학생들이 의외로 담백한 교우 관계인 듯하여 유타카는 좀 놀랐다.

여자들은 좀 더 찰싹 달라붙어 있을 줄 알았다. 이렇다면 서로서로 행동을 은근히 감시하고 있었던 수영부 쪽이 훨씬 답답할 정도다.

그건 그렇고 시오리는 꽤나 빈번하게 휴가 중인 고문을 찾아가는 모양이다. 뭔가 특별한 관계인 걸까?

"츠지모토네 집, 어디쯤?"

유타카가 시오리와 고문에 관해 물어보려던 참에 마야가 고개를 갸웃하며 물었다. 그 얼굴에 살짝 불안한 기색이 보인다.

묻기 힘든 걸 먼저 묻게 해 버렸다.

"나는 나카 지구."

할 수 있는 대로 간단히 답하자 마야는 안심한 듯한 미소를 지었다. 나카 지구는 내륙이어서 피해가 적었다는 사실을 알고 있는 것이다.

"아, 그럼 버스 정류장까지 함께 가자. 나는 하마 지구."

마야의 말에 유타카는 철렁했다. 하마 지구라면 연안에서도 특히 바다에 가까운 지역이다.

"어, 그럼 지진 때 힘들었겠네……."

"응, 침수되기도 했고. 그래도 지금은 괜찮아. 가족도 다들 무사했고."

그 대답에 유타카는 가슴을 쓸어내린다.

집이 있는지, 가족은 건재한지, 전에는 당연하다고 여기던 것들을 좀처럼 입에 담기 힘든 자신들의 처지를 새삼 깨달을 수밖에 없다.

비가 쏟아지는 교정에는 인적이 거의 없다.

"내가 들게."

우산 손잡이를 쥔 유타카는 되도록 마야에게로 우산을 기울인다. 교정에 생기기 시작한 물웅덩이를 피해 가며 걷고 있는데, 마야가 문득 혼잣말처럼 말했다.

"그런데 존이…… 기르고 있던 강아지가 없어졌어."

유타카는 자기 어깨 가까이에 있는 마야의 옆얼굴을 내려다보았다. 두꺼운 안경 너머 기다란 속눈썹이 가늘게 떨고 있었다.

지진 일주일 후, 집으로 돌아와 보니 현관이니 마당은 엉망진창이었다. 집 안까지 진흙투성이가 되어 있었다고 한다.

그리고…… 강아지 집은 겨우 형태가 남아 있었지만 아무리 찾아도 강아지는 없었다.

"나, 그때 좀 안심했어. 피난소에 있는 동안에도 줄곧 존을 두고 와 버린 게 마음에 걸려서 너무너무 걱정하는 바람에 밤에 잠도 못 잤었는데, 어쩌면 혼자서 도망쳐 준 것 아닐까 하고."

거기까지 말하더니 마야는 문득 입을 다물었다.

"……그런 일은 있을 수 없는데."

완전히 혼잣말 같은 말투다.

유타카는 아무 말도 하지 못했다.

다만 마야가 젖지 않도록 우산을 기울이고 마야의 걸음에 맞춰 가능한 한 천천히 걸었다.

"근데 남자들 꽤나 좋아졌더라."

불현듯 마야가 고개를 들었다. 평소의 온화한 미소를 머금고 있었다.

"뭐, 그냥 힘만 쓰는 거지."

유타카도 애써 태연한 소리로 말한다. 그때부터는 아무렇지도 않게 소소한 이야기를 나누며 버스 정류장까지 걸었다.

비가 피워 올리는 흙냄새 속에 간혹 마야의 머리카락에서 나는 달콤한 향기가 섞인다.

여자애와 이렇게 가까이서 걷고 있는 현실에 유타카는 남몰래 심장 고동이 빨라졌다.

얼마 전의 자기였다면 마야와 이렇게 이야기를 하게 되리라고는 상상도 못했을 것이다.

묘한 소문이라도 날까, 반에서 입장이 난처해질까, 그런 생각만 하느라고 실은 마음이 끌리는데도 굳이 외면하고 있었다.

신기한 일이다.

지금이라면 이렇게 마야와 둘이서 걷고 있는 걸 누가 보더라도 태연할 수 있을 것 같다.

문득 느닷없이 자기 앞에 버티고 서 있던 시오리의 고집스러운 눈길과 무슨 소리를 해도 긍정적으로만 받아들이는 오키히코의 천진난만한 웃음이 동시에 떠오른다.

스스로는 깨닫지 못하고 있던 보이지 않는 벽을, 전혀 분위기를 못 읽는 비상식 콤비가 아무렇지도 않게 부숴 버리니 거기서 새로운 바람이 불어온다.

계속해서 외면만 하지 않아서 다행이다.

거센 바람에 휩싸여 있으면서도 지금은 솔직하게 그런 생각을 한다.

자기 옆에서 마야가 어깨의 긴장을 풀고 있다는 것이 기쁘다.

그리고.

괴로운 마음을 조금이지만 내비쳐 주었다. 뭐 하나 제대로 된 위로의 말도 건네지 못했지만.

그래도 한 걸음 더, 거리가 줄어든 것 같다.

6. 훌라남 데뷔

춥다. 추워도 너무 춥다.

비 들이치는 처마 밑에서 유타카는 오키히코들과 어깨를 맞대고 떨고 있었다.

마침내, 그들이 처음 참가하는 위문의 날이 찾아왔다.

'케어 서비스 센터 아다'는 단기 요양과 주간 돌봄을 포함하여 보통 백 명 가까운 어르신들이 계시는 양로 시설이다.

평소엔 담화실로 사용하는 천장이 높은 홀이 이번 무대라고 들었지만 '대기실'이라고 남자들에게 배당된 곳은 주차장 쪽으로 난 홀의 뒷문이다.

올해 황금연휴는 비정상이다. 5월에 들어섰는데도 오늘 기온은

3월 초순 정도라고 일기 예보에서 전했다. 그 묘하게 덥던 4월은 대체 뭐였단 말인가? 산간에는 눈발이 날리는 곳도 있다고 한다. 더구나, 자신들의 이 꼴이라니.

유타카는 맨살 드러난 팔을 끌어안고 비가 쏟아지는 주차장을 노려보았다.

그야, 당연히 몸이 목적이지.

당당하게 말하던 시오리의 음성이 되살아난다.

그때는 세상에 뭐 이런 뻔뻔스러운 여자가 있나 싶었지만 그게 이런 거였다니.

애초에 마야가 사이즈를 재러 왔을 때 알아차렸어야 했다.

오테아 연습 쉬는 시간에 마야가 재 간 것은 팔뚝 둘레, 허리둘레, 무릎 둘레, 세 가지뿐이었다. 어깨너비라든가 가슴둘레라든가 등 길이 같은 걸 재지 않아도 괜찮은가 어렴풋이 궁금하긴 했었다만.

좀 전에 뻥 뚫린 주차장에서 시오리가 건네준 것은 그냥 비닐 끈을 묶어 놓은 물건이었다.

"이거, 여자들이 들고 하는 이이 아냐?"

술치고는 길다 싶은 화려한 녹색 비닐을 집어 드는 유타카에게 시오리는 허리에 손을 짚고는 선언했다.

"바보 같긴. 그게 남자들 의상이야. 이건 이이가 아니라 모레,라 는 거지. 이번엔 시간이 없어서 나랑 마야가 만들었지만 앞으로는 이런 것도 남자들이 만들도록 해."

92

팔, 허리, 무릎에 두르는 녹색 비닐은 가늘게 갈라져 있어 팔랑팔랑하다. 원래 이쪽도 식물을 갈라서 만들어야 하지만 제작비를 줄이려고 비닐로 대신한 모양. 짧은 바지를 입은 맨몸에 이걸 두르고 무대에 서라는 것이다.

"어이, 잠깐, 기다려!"

분명 DVD에서는 늠름한 남자들이 반라로 춤을 추고 있긴 했지만 그걸 우리 같은 일본의 고등학생들에게 따라 하라니 난도가 너무 높다.

"괜찮아. 츠지모토는 지금까지 팬티 한 장으로 동아리 활동을 했었고, 유즈키도 의외로 몸짱인 데다가, 나츠메야 말할 것 없는 근사한 몸집이고, 우스바에게도 미리 손을 써 두었거든."

유타카의 항의를 귓등으로 들으며, 시오리는 냉큼 실내의 여성용 대기실로 도망쳐 버렸다.

빌어먹을, 저 여자애……

긴 머리를 휘날리며 태연히 사라지는 뒷모습을 떠올리자 지금도 부아가 치민다.

쏟아지는 비에 어깨를 움츠리고 유타카는 발을 동동 굴렀다.

아무리 내가 수영부였다지만 주차장을 향해 뻥 뚫린 처마 밑에서 희희낙락 팬티 한 장만 입고 있을 만큼 또라이는 아니다. 더구나 팔과 무릎에 두른 팔랑팔랑이 망가지면 안 된다며 이 추운 날씨에 점퍼조차 못 걸치게 하다니, 이쯤 되면 학대다.

원래 허약한 겐이치에 이르러서는 입술이 보랏빛이다.

그런 겐이치의 빈약한 몸에다 시오리가 써 두었다는 손이라는 건 온몸에 짙은 색 파운데이션을 처바르는, 실로 얄팍한 미봉책이었다.

"이제 됐어."

시오리만 득의양양, 당사자인 겐이치는 속수무책으로 풀이 죽어 있다.

부들부들 어깨를 떨어 대는 겐이치를 보니 여윈 손발이 마른 나뭇가지 같은 색이어서 뭐랄까, 죽기 직전의 대벌레 같다고 할까.

"어이, 너희들, 괜찮아? 이제 곧 나가야 돼."

우산을 든 하나무라 선생이 우울한 표정으로 납시었다.

이날 인솔자로 고문을 대신해서 담임 하나무라가 나타났을 때, 유타카는 진심으로 놀랐다. 유타카와 오키히코의 시선에 "기하라 선생님이 만드신 홀라 동아리의 이념엔 나도 찬성하거든."이라고 담임은 웅얼웅얼 혼잣말처럼 말했다.

그런 것치곤 지금까지 단 한 번도 시청각실에 안 나타나더라만.

"오늘은 객석에 기하라 선생님도 와 계셔. 제대로 잘해라."

코트 위에 머플러까지 두른 따뜻한 차림으로 아무것도 하지 않은 인간이 잘난 척하기는.

"드디어, 유타카."

기가 막힌 유타카 옆에서 오키히코가 들뜬 음성으로 말했다.

그저 명랑하기만 한 눈길에 유타카는 내심 감탄한다. 천진난만의 무서운 힘이여! 혼자서 부글부글하고 있던 것이 멍청한 짓이돼 버렸다.

게다가 결국 여기까지 와 버렸으니.

이즈음에서 각오를 다지는 김에 어디, 한번 리더다운 소리라도한 말씀 해 보실까?

"좋아, 침착하게 가자. 연습한 대로만 하면 문제없어."

유타카의 음성에 다이가와 겐이치가 얼굴을 척 들었다. 다이가의 아저씨 얼굴까지 안심하는 기색이 퍼지는 바람에 유타카 쪽이놀라고 말았다.

자신의 말 한마디에 1학년 콤비가 이렇게 반응할 줄은 몰랐다.

"시간 됐다."

손목시계를 보며 하나무라 선생이 철문을 연다.

천장이 높다란 홀 앞쪽에 임시로 만들어진 무대가 있다. 마침「블루 하와이」를 추고 난 시오리 일행이 박수를 받으며 반대쪽 출구로 퇴장하는 참이었다.

제일 끝에 있던 모토코가 평소엔 좀처럼 볼 수 없는 만면의 미소를 띤 채 관중에게 인사를 하고 무대를 내려갔을 때,

탕탕타탕 타탕타 탕타…….

토에레의 힘찬 리듬이 울려 퍼졌다.

가자!

눈으로 신호를 주고받으며 유타카 일행은 일제히 무대로 뛰어 올랐다.

그 순간.

시야로 뛰어들어 오는 듯한 광경에 유타카는 한순간 눈이 휘둥 그레졌다.

환영, 훌라남

홀 뒤쪽 벽에 커다란 글씨가 쓰인 남색 현수막이 붙어 있었다. 천장이 높은 홀은 노인들로 가득하다. 휠체어를 탄 사람, 팔에 링 거 주사를 꽂은 사람까지 있다.

그 모두가 반짝반짝 눈을 빛내며 이쪽을 보고 있다.

저절로 유타카의 다리에 힘이 들어갔다.

양팔을 벌려 가슴팍에서 교차하고 빠르게 무릎을 여닫으며 이 동한다.

탕탕타탕 타탕타 탕타…….

오키히코와 동작을 맞추어 경쾌한 리듬을 타고 무대 바닥을 눌 러 밟는다.

하반신에 힘을 주어 상반신이 흔들리지 않도록 좌우로 허리를 흔들고 앞뒤로 흔들고, 가로로 8을 그렸다가 세로로 8을 그리고 한 쪽 다리를 뻗으며 발레처럼 회전한다.

다시 무릎을 여닫는 파오티로 돌아와 오키히코와 함께 잘게 앞 뒤로 이동한다.

움직일 때마다 팔과 무릎에 두른 것들이 한들한들 흔들려 정말로 고운 날개의 새라도 된 듯하다.

어느새 차갑던 몸이 더워지고 이마엔 땀이 배어나기 시작했다.

"헤이!"

목소리를 맞추어 팔을 머리 위로 들어올린다. 무릎을 굽히고 주먹을 머리 위에 고정한 채 겨드랑이 너머로 뒤쪽을 흘깃 본다. 그러는 동안에도 쉬지 않고 파오티를 계속한다.

격렬한 동작 탓에 오키히코가 무릎에 둘렀던 비닐 끈이 몇 줄기 무대 위에 흩어졌다. 등 뒤 1학년들의 숨소리도 거칠다.

힘내라!

마음속으로 염원하며 유타카도 이를 악물고 발끝으로 서서 무릎을 여닫았다.

토에레 리듬이 바뀌어 마침내 다이내믹한 포메이션으로 들어간다.

"헤이!"

유타카의 구령을 신호 삼아 전원이 양팔을 커다랗게 펼치고 한쪽 다리로 통통 튀어 오른다.

처음엔 앞뒤로 나뉘고, 다음엔 대각선으로 이동한다.

"헤이! 헤이! 헤이헤이헤이!"

모두의 음성이 높다란 천장에 메아리친다.

좋아.

높이 튀어 오르며 서로 엇갈린다. 1학년들도 잘 따라온다.

유타카 일행과 교대하며 1학년 콤비가 앞으로 나오려던 순간, 무대 위에 떨어져 있던 비닐 끈에 발이 걸려 겐이치가 꽈당, 하고 요란하게 엉덩방아를 찧는다.

홀 안의 공기가 흔들린다.

하지만 겐이치는 얼른 일어나 과감하게 포메이션을 쫓아간다.

앞줄의 백발 할머니들이 박수로 겐이치를 격려했다.

다시 한번 유타카와 오키히코가 앞줄에 선 그때,

키이이이이에아아아아앗!

마야가 내지르는 날카로운 구령과 함께 화려한 노란색 이이를 손에 든 시오리 일행이 격렬하게 허리를 흔들어 가며 무대 양옆에서 등장했다.

민들레 같은 이이를 빙글빙글 돌리고 오렌지색 모레를 한들한들 흔들며 시오리 일행이 잔 스텝으로 튀어 오르는 유타카 일행 사이에 물처럼 흘러 들어온다.

호쾌하게 튀어 오르는 유타카 일행이 남국의 화려한 새들이라면 잔 스텝으로 흔들리는 시오리 일행은 경쾌한 나비들이다.

자신들 사이를 누비는 여자애들의 모습을 보고 유타카는 일순 숨을 죽였다.

반라로 춤을 추는 것은 남자애들만이 아니다.

화려한 이이라든가 모레 같은 것들에 정신을 빼앗기고 있었지만 심홍색 히비스커스를 머리에 꽂고, 플루메리아로 만든 레이를 목에 건 시오리 일행 역시 상반신에 코코넛 브래지어만 걸치고 있다.

진심이구나.

부끄러움보다 호기심보다 무엇보다 먼저 그렇게 느꼈다.

유타카의 발에 한층 더 힘이 들어간다.

시오리네 여자들은 진심으로 훌라를 하고 있다. 그렇다면 남자들도 그에 응하지 않을 수 없다.

곁에 있던 오키히코도 곱슬한 머리카락을 흐트러뜨린 채 땀방울을 날리고 있다.

키이이이이에아아아아아앗!

다시 한번 마야의 힘찬 구령이 울려 퍼진다.

앞으로 갔다가 뒤로 갔다가 격렬하게 오가는 유타카 일행들 사이를 누비며 시오리 일행은 가볍게 미끄러지듯이 스텝을 밟고 있다. 척척 손발이 맞는 2학년 트리오에 비하면 1학년 여자애들은 약간 어색하긴 하지만, 그래도 온 힘을 다해 미소를 짓고 기를 쓰며 스텝을 밟고 있다.

시오리가 한 걸음 앞으로 나섰다.

검고 긴 머리카락을 흔들고 요염한 미소를 지으며 한층 더 멋들어진 스텝을 선보인다.

여기에 평소의 얄미운 시오리는 없다. 남국의 화려한 꽃들 사이를 날아다니는 나비의 요정이 보이지 않는 날개 가루를 뿌리고 있다.

마침내 시오리 일행은 한 줄로 서서 이이를 머리 위로 들어올리더니 무대 뒤쪽으로 물러나기 시작했다.

큼직한 스텝으로 이번엔 겐이치와 다이가 앞에 나선다.

마침내 마지막 클라이맥스.

구부린 겐이치의 등을 목표로 유타카는 내달려 갔다.

등뼈가 튀어나온 여윈 등판을 손으로 짚는 순간, 찌익, 하고 손끝이 미끄러졌다.

아악!

당황해서 몸을 바로잡으려 했지만 때는 이미 늦었다.

옆에 있던 오키히코가 공중에서 활짝 다리를 벌리는 것을 얼핏 보면서 유타카와 겐이치는 함께 무너져 버렸다.

땀으로 녹아내리기 시작한 파운데이션이 기름처럼 미끄러워졌던 것이다.

오키히코가 근사하게 착지하는 곁에서 유타카와 겐이치는 엄청나게 요란한 소리를 내면서 무대 위에 나동그라지고 말았다.

이런, 이런.

숨길 수 없는 커다란 실수에 유타카는 온몸에서 피가 식는 것 같았다. 자기 몸 아래서 겐이치도 완전히 굳어져 버렸다.

하지만.

한순간 침묵 후, 우레와 같은 박수 소리가 터져 나왔다.

조심조심 고개를 들어 보니 앞줄의 백발 할머니들도, 그 뒤의 할아버지들도, 링거 주사를 꽂고 휠체어에 앉은 사람들도 열심히 박수를 쳐 주고 있다.

유타카는 일어나서 겐이치를 부축해 일으켰다.

그런 자신을 보는 노인들의 표정에 비웃음 따위는 전혀 없다. 누구나 진심으로 박수를 아낌없이 보내 주었다.

따뜻한 박수는 언제까지나 그칠 줄 모른다.

동아리 모두가 나란히 서서 함께 인사를 하자 한층 더 박수가 커진다.

환영, 훌라남

홀 뒤쪽 벽의 현수막이 다시 눈에 들어온다. 유타카는 남모르게 가슴속이 뜨거워지는 것을 느꼈다.

어느새인가 자신들의 열기로 사방의 유리창에 하얗게 김이 서려 있다.

"건배!"

시오리의 선창과 함께 콜라나 우롱차가 든 컵이 쨍그랑쨍그랑 부딪친다.

차가운 콜라를 단숨에 들이켜니 조금 있다가 관자놀이 부근이 지잉, 하고 아프다.

유타카를 비롯한 남학생들이 처음 참가한 위문 행사의 뒤풀이는 다이가의 요청에 따라 '나츠메 식당'에서 하기로 했다.

건너편 자리에 배가 남산만 한 기하라 유이 선생이 앉아 있다.

이날 유타카는 훌라 동아리의 창립자이자 고문인 유이 선생과 처음 제대로 만났다. 그러고 보니 건강 진단이나 조례 같은 때 몇 번 본 것 같았지만 평소에 보건실 같은 데는 얼씬도 하지 않는 유타카이다 보니 거의 첫 대면에 가까운 인상이었다.

어깨까지 내려오는 머리를 이마 한가운데서 가르마 탄 유이 선생은 자그마하고 살결이 하얀 미인이었다.

터질 듯한 배를 봤을 때, 이렇게 밖에 나다녀도 되는 걸까 싶어 유타카는 놀랐지만 시오리나 마야는 태연히 그 배를 만져 보기도 했다.

마침내 활기찬 다이가네 엄마가 바지런히 모두에게 돈가스 덮밥을 날라 왔다. 아들 다이가에게서 오늘 이야기를 듣고는 대접하겠다고 벼르고 있었다고 한다.

"죄송합니다. 이렇게 여럿이서."

어쩔 줄 모르는 유이 선생에게 다이가의 엄마는 호탕하게 웃었다.

"일없어요, 괜찮아. 우리 아들놈이 댄스라니, 멋쟁이 같아서 신나잖아요. 그보다 선생님도 오늘은 많이 드시고 영양 보충을 하세요."

다이가 엄마는 눈을 가늘게 뜨고 출산 일이 얼마 안 남은 유이 선생의 배를 바라본다.

"좋으시겠네. 예정일은?"

"다음 달 말이에요. 아이가 밑으로 내려오면서 위를 누르지 않으니까 갑자기 식욕이 생겨서요."

"그렇지요. 출산은 큰일이니까 지금 잔뜩 먹고 체력을 길러 둬야지."

동그란 배가 테이블에 눌릴까 봐 유타카는 속으로 조마조마했지만 유이 일행은 즐겁게 이야기를 계속했다.

"자, 자, 식기 전에 어서들 먹어."

다이가의 엄마가 재촉했고 유타카 일행은 "잘 먹겠습니다!" 하고 젓가락을 들었다.

"우와, 맛있어. 돈가스 덮밥은 역시 일본인의 소울 푸드야."

한입 먹자마자 오키히코가 감탄하듯이 말했다.

"어머, 멋진 소릴 다 하네. 이런 핸섬 보이 같으니!"

곧장 다이가 엄마는 오키히코의 어깨를 두드려 댄다.

유타카도 덩달아 젓가락을 입으로 가져갔다. 달콤 짭짤한 간장 내음이 콧구멍을 간질였다.

한입 베어 물자, 바삭바삭한 튀김옷 속에서 돼지고기의 고소한 맛이 사악, 흘러나온다. 침샘이 자극되어 턱뼈가 찡, 하고 아파 온다.

정말로 맛있는 돈가스 덮밥이었다. 반숙 달걀과 양파의 단맛이 섞인 것도 더할 나위 없다.

시금치와 유부가 든 된장국도 국물 맛이 참 좋았다.

이렇게 맛있는 음식을 날마다 먹으니 다이가의 몸이 클 수밖에.

다이가는 자기 엄마가 오키히코를 '마을 제일의 훈남'이라는 둥 '절세의 미소년'이라는 둥 추켜세우건 말건 아랑곳하지 않고 우걱우걱 덮밥을 욱여넣고 있었다. 굳이 어색해서가 아니라 그야말로 진심으로 덮밥 말고는 아무 생각이 없는 듯했다.

그 옆에서 겐이치가 깨작깨작 젓가락질을 하고 있다.

겐이치에 비하면 여자애들 쪽이 훨씬 거침없다. 덮밥 같은 건 남자들이 먹는 거라고 꺼리지 않을까 싶었지만 모두들 얼굴 가득 웃음을 띠고 열심히 먹고 있다.

평소에 얌전하던 마야조차 젓가락이 바쁘다.

"몸을 움직이고 나면 달콤 짭짤한 게 당기는 법이지. 게다가 돼지고기엔 피로 회복 작용을 하는 비타민 B가 잔뜩 들어 있거든."

다이가 엄마가 주방 안으로 사라지는 것을 보며 유이 선생은 보건 교사다운 소리를 한다.

"칼로리는 장난 아니지만!"

실컷 먹은 주제에 얄미운 소리를 하는 시오리에게 "이 녀석!" 하며 유이 선생은 주먹으로 쥐어박는 시늉을 했다.

다이가의 집이기도 한 나츠메 식당은 척 봐도 상점가에서 사랑받고 있는 것이 보이는 대중식당이었다. 이미 점심때가 지난 시간인데도 끊임없이 손님이 들어온다. 혼자서 정종을 기울이고 있는 초로의 아저씨도 있다.

주방에서는 딱 봐도 다이가의 아버지인 몸집이 산만 한 주방장이 머리에 띠를 두르고 부엌칼을 들고 있다.

"남자들, 생각보다 잘하던데."

문득 말을 거는 바람에 유타카는 움찔했다.

"이렇게 되면 앞으로 안무도 기대된다. 특히나 오테아는 남자가 들어오면 베리에이션이 확 풍부해지니까."

아몬드형 눈동자를 활 모양으로 만들며 유이 선생이 미소 짓고 있다.

"마지막에 망쳐 버렸지만!"

곧바로 시오리가 젓가락을 휘두르며 미운 소리를 한다.

"원인을 따지자면 네가 우스바 몸에다가 이상한 걸 처발랐기 때문이잖아."

"아, 또 그런 식으로 남 탓을 하지!"

"아니, 정말 그렇잖아. 애당초 넌 언제나 너무 제멋대로라고."

"너가 아니라 사와다라니까!"

티격태격하는 걸 보고 유이 선생이 소리 내어 웃었다.

유타카가 한숨을 쉬며 입을 다물자 시오리가 혀를 쏙 내민다.

나비의 요정처럼 요염하게 춤을 추던 때와는 완전히 딴사람이다.

하지만 시오리 말대로 무대 위에서 함께 무너져 내릴 때는 유타카도 모두 끝났다 싶었다. 설마 그런 큰 실수까지 따스하게 받아들여 주리라곤 상상도 못했다.

분명 기하라 유이 선생이 인솔해 온 아누에누에 오하나가 돌봄 시설에 모여 있는 노인들과 지금까지 견실한 관계를 쌓아 왔던 덕분이었을 것이다.

환영, 훌라남

자기들을 위해 준비해 준 현수막이나 휠체어에 앉아 손뼉을 치고 있던 어르신들의 모습을 떠올리면 지금도 가슴이 뜨거워진다.

그 뒤에도 무대는 달아올랐다.

일본어 가사를 붙인 하와이 음악 「달밤엔」에 맞추어 노인들을 무대 위로 불러 모두 함께 훌라 댄스를 춘 것이다.

군계일학으로 돋보이는 오키히코가 어딜 가나 인기 있는 거야 당연하지만 백발 할머니들의 품은 그 이상으로 깊었다. 평균적 스포츠맨 같은 유타카는 물론이고 온몸에 처바른 파운데이션이 벗겨지면서 대벌레에서 죽기 직전의 점박이 실지렁이처럼 되어 버린 겐이치나 달마처럼 푸짐한 얼굴의 다이가마저 모두 똑같이 왕자 대접을 받은 것이다.

시오리나 1학년 여자애들과 손을 잡은 할아버지들 역시 진심으로 즐거운 듯 스텝을 밟았다.

휠체어에 앉아 춤을 추지 못하는 노인들에게는 마야와 모토코가 레이를 목에 걸어 주었다.

"젊은이들의 춤은 보고만 있어도 힘이 나."

"남자들의 춤엔 박력이 있네."

"활력을 얻었어."

무대를 내려온 아이들에게 노인들은 차례로 말을 걸어 주었다.

처음부터 끝까지 참으로 따스한 모임이었다.

"실은 알고 지내는 지역 정보지 기자가 오늘 행사에 와 주었는데 좋은 사진을 찍었다며 기뻐하더라고요."

테이블 구석에서 혼자서 맥주를 마시고 있던 담임 하나무라가 천천히 입을 열었다.

"하나무라 선생도 정말 고마워. 연휴 중인데."

"괜찮아요. 특별히 일이 있는 것도 아니고요."

"나 없는 동안 여러 가지로 폐를 끼치겠네."

"아뇨, 기하라 선생님이 하시는 활동엔 저도 찬성하고 있으니까."

잠깐만.

지금까지 존재 자체를 완전히 잊고 있던 담임과 기하라 유이 선생의 대화를 듣다가 유타카는 눈이 동그래진다.

설마 아니겠지만.

혹시 담임이 기하라 선생님보다 연하?

편하게 이야기하는 유이 선생에게 담임은 줄곧 높임말을 쓰고 있다.

"내가 없는 동안 미안하지만 학생들 잘 부탁해."

"잘 알겠습니다."

아무리 봐도 선배와 후배의 대화다.

설마? 그저 지쳐 빠진 아저씨라고만 생각했는데.

너무 빤히 바라보다가 눈이 마주치고 말았다.

짝 달라붙은 머리에 지저분한 안경, 처진 입가를 빼고 나면 혹시 이 사람 꽤 젊을지도 모른다.

식겁할 만한 발견이다.

"괜찮아, 유이 선생님이 없는 동안은 바로 이 회장님께서 확실하게 커버할 테니까!"

그때다시 한번 시오리가 나섰다.

"하나무라 선생님이 아무것도 안 해도 기업의 스폰서라도 따 와 보일게요!"

까불어 대는 시오리의 머리에 유이 선생이 "이 녀석!" 하며 이번엔 진짜 알밤을 먹인다.

"아야."

머리를 감싸면서도 시오리는 점점 더 즐거운 표정이 되었다.

"어쨌든, 정말 나한테 맡겨 두고 선생님은 안심하고 자기 가족을 만들라고요."

"……고마워, 시오리."

뭐랄까, 교사와 학생이라기보다는 사이좋은 사촌 자매를 보고 있는 듯하다.

마야는 그런 두 사람을 평소의 온화한 눈길로 지켜보고 있지만 끝자리에 앉은 모토코는 말없이 된장국만 먹고 있다.

"그리고 유이 선생님, 올해도 신청해 준 거죠?"

하지만 시오리의 다음 말에는 마야도 모토코도 긴장한 표정을 짓는다.

"물론이지."

선생이 대답하자 2학년 여학생들의 얼굴에 단박에 화색이 돈다.

다이가와 겐이치, 1학년 여학생들은 궁금해하며 서로 쳐다본다.

"자, 여기서 올해 아누에누에 오하나의 목표를 발표하겠습니다!"

의자를 뒤로 물리더니 시오리가 갑자기 일어섰다.

"올해도 아누에누에 오하나는 홀라걸스 고시엔*에 출전합니다."

홀라걸스 고시엔?

유타카와 오키히코도 눈을 마주 보았다.

시오리가 검지를 천장을 향해 들어 올리더니 소리 높여 선언했다.

"올해, 우리 아누에누에 오하나는 남녀 혼성 훌라로 홀라걸스 고시엔에서 우승을 노리겠습니다!"

---

* 고시엔: 고시엔이란 본래 일본 고교 전국 야구 대회가 열리는 야구장의 이름이지만, 오늘날에는 일본의 각종 고교 전국 대회를 가리키는 말로 쓰이고 있다.

7. 뉴스

옥상으로 올라가는 철문을 밀어 열자 바람을 타고 바다 내음이
풍겨 왔다.

6월에 들어서자마자 갑자기 기온이 올라갔고 담장 너머로 보이
는 바다는 강렬한 햇빛에 반짝반짝 찬란하다. 수평선 위에 하얗게
떠 있는 구름은 이미 여름이 왔음을 알리는 듯하다.

"아, 있었구나."

1학년 콤비를 발견한 유타카는 가볍게 손을 들어 보인다.

옥상의 절반을 차지하고 있는 태양광 패널 바로 옆에서 온몸에
선탠오일을 칠갑한 겐이치가 말라빠진 등짝을 햇볕에 드러내고
있었다.

시오리의 파운데이션 작전에 기겁을 한 겐이치는 이제 맑은 날이면 이렇게 자발적으로 옥상에서 살갗을 태우고 있다. 그 곁에서는 기다리다 못한 다이가가 도시락 통을 거의 다 비운 참이었다.

"꽤 그럴듯한 색이 됐는데."

유타카 뒤를 따라온 오키히코가 상큼한 웃음을 띤다.

곱슬한 머리카락을 바닷바람에 휘날리고 있는 오키히코에겐 새하얀 하복이 얄미울 만큼 잘 어울린다.

오키히코 말대로 벌거벗으면 애처로울 정도로 창백하던 겐이치의 몸은 날마다 더 건강한 색으로 변해 가는 듯하다.

"이 정도면 이제 그 천방지축 여자애가 망측한 거 처바르지 않겠네."

유타카가 감탄하려는데 곧장 오키히코가 어깨를 두드린다.

"너무하네, 유타카. 시오리는 천방지축 같은 거 아니야. 멋진 여성이잖아."

"너 말이야, 그 얼굴 덕이 아니면 진짜 이 세상에 받아들여지지 않았어."

"뭔 말씀을. 부끄럽잖아, 유타카."

"아니, 이건 전혀 칭찬이 아닌데."

말장난을 해 가며 그늘을 찾아 앉는다.

최근 들어 남자 멤버들은 점심시간에도 넷이 모여 포메이션을 확인하곤 한다.

이번 달엔 위문이 네 차례나 예정되어 있다. 매주 토요일마다 시내의 특별 요양 노인 홈과 보육원을 순회할 예정이다.

지난달에도 중간고사 전에 함께 세 차례 위문을 했고 유타카를 비롯한 남학생들도 서서히 남들 앞에서 춤추는 일에 익숙해져 갔다. 어딜 가나 홀라남은 큰 인기였다.

"우선 먹어 치울까?"

유타카가 말하자 다른 아이들도 각자 도시락을 풀기 시작했다. 도시락 하나를 완전히 비워 버린 다이가마저 새로운 통을 끄집어 낸다.

"어? 너 벌써 먹은 거 아냐?"

"아니, 그건 전채 요리라고 할까……."

"……아, 그래?"

몇 번인가 함께 점심을 먹으면서 사실 매일 먹는 도시락이야말로 개성의 근원이 아닐까 하고 유타카는 생각했다.

오키히코의 도시락은 항상 누구보다 화려하다. 오늘도 병에 담은 색색의 야채 피클을 모두에게 인심 쓰고 있다. 노란 파프리카, 연녹색 셀러리, 크림색 화이트 아스파라거스, 심홍색 비트, 멋들어지기가 더할 나위 없다. 별 모양으로 자른 스타 프루트까지 들어 있다. 닭고기를 얹은 밥은 하이난 지판이라는 싱가포르 명물인 모양이다.

겐이치가 깨작깨작 먹고 있는 것은 치즈와 오이가 든 샌드위치.

이런 걸 먹고 방과 후까지 견딜까 싶어 걱정된다.

이에 비해 다이가의 2단 찬합은 1층에는 닭튀김에 불고기에 차슈, 2층에는 다진 고기 볶음을 잔뜩 얹은 밥, 철저하게 진갈색 고기로 채워져 있다.

참고로 유타카의 도시락은 달걀 프라이, 시금치나물, 생선튀김이 반찬에 밥 위에는 김을 덮은 도시락으로 지극히 표준적인 것이다. 냉동 생선튀김이 살짝 타긴 했지만 파트타임으로 일하는 엄마가 새벽같이 일어나 만들어 준 것이니 불평할 순 없다.

도시락을 반쯤 먹었을 때 유타카는 포메이션 메모를 꺼냈다.

"문제는 둘째 주 보육원이거든."

종이 위로 네 사람의 머리가 모여든다.

"보육원생 상대로 평소와 같은 안무는 안 될 거야. 케어 센터와 달리 홀도 없고, 놀이방 같은 데선 너무 큰 동작도 못하니까."

유타카가 젓가락으로 보육원 배치도를 가리키자 옆에서 오키히코가 응응, 하고 끄덕인다.

"또 유타카가 너무 신나서 원생들 속으로 돌진한다든가 하면 위험하니까."

"닥쳐."

하지만 오키히코의 말은 백번 옳다.

시오리네 여학생들의 우아한 훌라 아우아나라면 예쁜 언니들로 받아들이겠지만, 반라의 남자들이 있는 힘껏 쿵쿵, 춤추어 댔다간 무서워서 울음을 터뜨리는 아이도 있을지 모른다.

데뷔 날 뒤풀이가 끝나고, 유타카는 고문인 기하라 유이 선생으로부터 앞으로는 가는 곳에 맞추어 자기들끼리 안무라든가 포메이션을 개선해 가라는 말을 들었다.

"이번엔 어디 한번 인기 만화 캐릭터 가면이라도 쓰는 게 좋을지도 모르겠네."

엄청난 묘안이라도 된다는 듯이 오키히코가 엄지를 척 세웠다.

"일본 애니메이션은 해외 어린이들 사이에서도 무적이야. 특히 고양이 로봇이랑 태풍을 부르는 유치원생은 어딜 가나 최고."

"땡."

유타카는 가차 없이 잘랐다.

"어째서?"

"캐릭터 쇼가 아니잖아. 그리고 반라에 가면이라니, 자칫하면 변태라고."

"그럼 군대 같은 거라든가?"

"마찬가지잖아. 땡! 땡!"

유타카와 오키히코가 입씨름을 하고 있는데 겐이치가 머뭇머뭇 손을 들었다.

"응, 우스바."

"……니다."

"자, 좀 큰 소리로."

"……안아 올려 준다든가, 어떨까요? 위험하지 않은 선에서……."

모기 소리로 내놓은 안을 듣고 유타카는 오키히코와 마주 보았다.

"좋은데!"

무심결에 동시에 소리를 높였다.

평소에 겐이치는 거의 무게감이 없지만 결코 소극적인 것은 아니었다. 연습도 열심히 했고 이따금 지금처럼 건설적인 의견을 내놓는다.

물론 그 의견을 바람의 속삭임과 비슷할 음량으로 머뭇머뭇 내놓는 통에 듣는 것이 고역이긴 하다만.

"어린애들 그런 거 좋아하지."

"그렇다면 이때 리듬이 바뀌고 다음 스텝에서 하나씩 들어 올리는 걸로 할까?"

"몇 명이나 되는지 확인해야겠네."

"불공평한 건 안 되니까."

오키히코와 의논하고 있는데 이번엔 다이가가 "저기요." 하고 손을 든다.

"응, 나츠메."

"오른쪽에서 왼쪽으로 아이들을 릴레이하는 건 어떨까요?"

럭비공을 패스하듯이 다이가가 턱턱, 하고 손을 움직였다.

"좋네!"

다시 목소리를 맞추니 다이가가 "이얍!" 하고 유도 자세를 잡왔다.

그리고 몇 가지를 확인하니 대충 포메이션은 정리가 되었다.

"할머니, 할아버지와 춤추는 것도 재미있지만 보육원 아이들을 만나는 것도 기대가 되네."

오키히코가 만면에 웃음을 띠며 말했다.

여든 살 할머니들과 춤을 춘 다음 주엔 세 살짜리 어린애를 안아 올리는 것이다.

분명 홀라 동아리에 안 들어왔다면 이런 폭넓은 연령대의 사람들을 만날 일은 없었으리라.

수영부에 있었더라면 지금쯤 현 대회를 대비해 날마다 물속에서 자신과 싸우고 있었을 것이다. 물론 그것도 충분히 보람 있다고 생각하지만.

문득 유타카는 좁다고만 여기던 세계가 아주 조금 넓어진 느낌이 들었다.

굳이 어딘가로 나가지 않더라도 뜻밖의 장소에 세계를 넓힐 수 있는 힌트가 숨어 있었는지도 모른다.

"자, 현안은 다 해결되었으니 이제 남은 런치를 즐기자. 마지막 한 숟가락을 모두 교환하면 어떨까?"

도시락을 먹어 치우려는데 이번에도 오키히코가 뜬금없는 소리를 꺼냈다.

"뭐? 바보 아냐? 무슨 그런 여자애 같은 소리를 하는 거야?"

"Oh, No! 맛있는 것을 나누어 먹는 데 여자도 남자도 없지. 인생도 런치도 철저히 즐겨야지."

"시끄러워. 도시락 따위로 무슨 인생이야? 도대체 영어도 못하는 주제에 오, 노,라니 무슨 개떡 같은 소리야."

기가 차는 유타카에게 오키히코는 검지를 세워 옆으로 흔들어 보인다.

"그런 사고방식이 세상을 협소하게 만든다고 생각해."

아무렇지 않게 하는 그 한마디에 유타카는 살짝 숨을 죽였다.

"신은 디테일에 있다고 하잖아."

게다가 새하얀 하복에 돋보이는 압도적 미모가 젠체하는 대사에 지나친 설득력을 부여한다.

이 녀석. 정말로 바보인지 천재인지 알 수가 없단 말이야.

조금 전에 어렴풋이 마음에 품고 있던 느낌을 적확한 단어로 들어 버린 것만 같아서 결국 유타카는 입을 다물었다.

1학년 콤비는 환영 분위기여서 벌써 도시락 통을 내밀고 있다. 멋들어진 피클을 얻어먹기도 했겠다, 더 이상 반항하는 것도 어린애 같다.

"알았어, 알았다고."

유타카의 한마디에 서로의 도시락에 젓가락을 옮긴다.

"으응, 맛있네. 유타카의 도시락은 JAPANESE BENTO의 STANDARD네."

"내가 말했지, 영어도 못하는 주제에 뒤죽박죽 영어 섞지 말라고."

발음만은 묘하게 네이티브 같은 게 더욱 사기 아닌가.

"다이가의 밥도 대단한데. 생강 맛이 절묘하게 어울리는 게 멋지다. 겐이치의 샌드위치 역시 상큼한 맛 덕에 식욕이 없을 때도 먹을 수 있겠고."

오키히코는 각각의 도시락을 진심으로 즐기고 있는 듯하다. 솔직한 칭찬은 듣는 사람도 기분 나쁠 게 없다.

게다가 오키히코의 싱가포르풍 치킨 라이스도 실로 이국적인 맛이 좋았다. 뭐라나, 닭 육수로 생쌀을 익힌다고 한다. 밥 위에 얹어 놓은 찜닭도 윤기가 있고 부드럽다.

다만 고수 잎이 잔뜩 놓여 있는 점은 유타카에게 감점 요인이었다.

"어, 유타카. 혹시 고수 못 먹는 거야?"

고수를 도시락 뚜껑 위에 골라내고 있는데 오키히코가 날카롭게 지적해 온다.

"의외로 어린이셨구먼!"

"정말이지, 시끄러운 녀석이야."

"그래도 고수는 먹는 게 좋아. 고수는 몸에서 유해 물질을 배출시키는 킬레이트 작용을 일으키거든."

"킬레이트 작용?"

"응, 킬레이트는 게의 집게발이라는 라틴어에서 온 말이래. 몸

속에 쌓여 있는 독소들을 집어서 꺼낸다는 거지."

오키히코가 뽐내는 뜻밖의 지식에 반쯤 감탄하고 있는데 문득 겐이치가 젓가락을 내려놓는다.

"그건……."

평소의 겐이치라면 생각도 못할 정도로 확실한 음성이 울린다.

"역시, 여기가 후쿠시마라서인가요?"

일순, 공기가 얼어붙었다.

옆에 있던 다이가도 놀란 듯 음식을 씹던 입이 멈춘다.

모두의 주목을 받으면서도 겐이치는 시선을 돌리지 않는다. 창백해진 얼굴로 오키히코를 똑바로 응시하고 있다.

"그건, 아니지."

오키히코는 부드럽게 웃었다.

"고수는 싱가포르에 있을 때부터 쭉 먹고 있어. 지금이야 싱가포르가 위생적인 대도시가 되었지만 동남아시아에서는 꽤 최근까지도 식중독이 흔했던 모양이야. 하지만 우리 부모님이 고수를 먹으라고 잔소리를 하시는 건 이젠 어느 나라 음식에든 방부제 같은 첨가물이 너무 많이 사용되어서 그런 것 같아."

분명 편의점이나 슈퍼마켓에서 파는 반찬 포장을 뒤집어 보면 원재료명에 놀랄 만큼 많은 첨가물들이 열거되어 있다.

"그게 도대체 어떤 건지 우리 같은 보통 사람들은 상상도 못하잖아. 괜찮아요, 하니까 아무렇지 않게 먹고는 있지만."

듣고 있는 동안에 유타카는 어쩐지 가슴이 두근두근하기 시작했다.

그게, 무언가와 닮았어.

눈에는 보이지 않지만 확실히 몸에 나쁘고 그런데도 그것이 앞으로 어떤 형태로 나타날지는 아무도 모르는.

"그렇다고 해서 방부제라든가 첨가물이 없던 시절의 인류가 안전했었느냐 하면 그렇지도 않아. 부패한 음식 때문에 식중독에 걸려 죽은 사람도 있었을 거고, 보존하지 못하는 탓에 식량 부족도 빈번하게 일어났을 테니까."

원래는 그런 사태를 해결하기 위해 방부제나 첨가물이 개발되었음이 틀림없다.

하지만.

유타카는 입을 꽉 다물었다.

만약 그것이 이윤 추구를 위해 지나치게 쓰이고 있다면…….

"어쨌든, 미안."

조용해진 모두를 둘러보며 오키히코는 고개를 숙였다.

"실은 킬레이트 작용이라는 것도 확실하게 효과가 입증된 것은 아니야. 그런 건 마음 편하자고 하는 소리라는 사람도 많거든."

오키히코가 입을 다물자 교정에서 환성이 들려왔다.

교정에서는 하복 차림 학생들이 풋살을 하고 있었다.

초봄에 가느다란 묘목을 심었는데 여름이 되면서 왕성한 신록으로 우거져 있었다.

어색한 침묵을 깨듯이 유타카는 도시락 뚜껑에 골라 놓은 고수를 젓가락으로 집어다가 기세 좋게 입 안에 넣었다. 강하고 독특한 향이 콧구멍으로 빠져나간다.

"요컨대 리스크가 있는 건 후쿠시마뿐만이 아니라는 이야기지?"

고수를 씹어 가며 유타카는 확실하게 말했다.

그렇다고 해서 물론 모두 똑같다는 건 아니다.

그렇기에 더욱, 기준치 데이터가 공표되어 있음에도 후쿠시마라는 이유만으로 모든 지역이 계속 극단적으로 위험하다고 취급당하는 것도 이상하다.

"유타카!"

돌연 오키히코가 감정이 벅차오르는 듯한 목소리를 냈다.

"내가 말하고 싶었던 게 바로 그거라고."

"으악! 어째서 넌 그렇게 툭하면 끌어안는 거야?"

갑자기 안겨 온 오키히코랑 실랑이를 하고 있는데 느닷없이 꽝, 하는 요란스러운 소리를 내면서 철문이 열렸다.

모두 기함을 하며 놀라는 순간, 철문 뒤에서 시오리가 쏙, 얼굴을 내밀었다.

"아, 역시 여기 있었네……."

기다란 검은 머리카락을 바람에 휘날리며 시오리는 눈을 동그랗게 떴다.

"근데 혹시 방해했나?"

그럴 리가 없잖아!

유타카는 허둥지둥 오키히코를 밀어낸다.

나 참, 최악이야. 고수 맛은 지독하고.

"좋은 뉴스가 두 개 있어!"

혀를 차는 유타카는 아랑곳없이 시오리는 성큼성큼 다가오더니 지역 정보지 한 권을 들이민다.

"우선 이걸 좀 보라고."

견출지가 붙어 있는 면을 펼치는 순간, 양면으로 된 기사가 눈을 사로잡는다.

"아!"

절로 모두의 입에서 짤막한 환성이 터졌다.

훌라남, 등장!

커다란 제목 아래, 케어 서비스 센터 아다를 위문했을 당시의 오테아 사진이 큼지막하게 게재되어 있었다.

유타카도 다이가도 겐이치도 모두 진지하고 멋진 얼굴이다.

그리고 어인 일로 오키히코만이 카메라를 바라보며 지나치게 상큼하게 웃고 있었다.

게다가 다음 면에는 아예 오키히코에만 초점을 맞춘 사진. 이쪽도 거의 아이돌의 연출 사진 같은 표정이었다.

이 기사를 계기로 지역 생명 보험 회사에서 스폰서 제의가 들어

왔다고 한다.

"이로써 훌라걸스 고시엔에서 입을 의상의 예산 획득은 완벽해. 이젠 비닐이 아니라 남자랑 여자 모두 본격적인 모레를 준비할 수 있다고!"

시오리가 입가에 손을 대고 웃어 젖힌다.

"일단 외양만 보고 유즈키를 끌어들인 보람이 있네."

당사자를 앞에 두고 상쾌할 정도로 정직하다.

"맞아, 맞아. 이제 슬슬 훌라걸스 고시엔에서 과제곡 DVD가 올 거야. 제대로 연습하라고."

유타카의 등짝까지 후려친다.

"아프잖아."

유타카는 얼굴을 찡그렸지만 웃음이 끊이지 않는 시오리에겐 무슨 소릴 해도 별무소용.

문부과학성 장관배 쟁탈, 전국 고등학교 훌라·타히티 춤 경기 대회.

이른바, 훌라걸스 고시엔.

후쿠시마의 조반 지역은 실은 일본에서 처음으로 훌라걸이 탄생한 곳이라고 한다. 그를 기념하여 매년 8월 전국 고등학생을 대상으로 콘테스트 형식의 대회가 열리고 있다는 사실을, 유타카는 지난번 뒤풀이 자리에서 처음 알았다.

첫날은 훌라 댄스. 둘째 날은 타히티 춤인 오테아로 전국의 고교생이 퍼포먼스 경쟁을 하는 것이다.

상위 입상 학교는 하와이를 테마로 한 놀이공원의 무대 공연에 출연할 수 있어서 이 놀이공원의 무대를 밟는 것이 전국 훌라걸들의 꿈이라는 것이다.

창립 이래 아누에누에 오하나는 기하라 유이 선생의 지도 아래 해마다 이 훌라걸스 고시엔에 출전해 온 모양이다.

물론 유감스럽게도 아누에누에 오하나가 입상을 한 적은 지금껏 단 한 번도 없다.

"올해는 25개 학교나 출전한대. 역시 도쿄에 있거나 예술계인 학교들이 많지."

시오리가 주먹을 쥔다.

"그래서 더욱 올해는 남녀 혼성이라는 비책을 쓰는 거니까, 제대로 해라."

"아프다고!"

이번엔 주먹으로 등짝을 내리쳤다.

"그건 알았으니까 또 하나 좋은 뉴스라는 건 뭐야?"

유타카가 한숨을 섞어 가며 물으니 시오리는 금세 진지한 얼굴로 돌아갔다.

그리고 스커트 주머니에서 휴대 전화를 꺼낸다.

수신함의 메일에 첨부되어 있는 사진을 연 순간, 유타카를 포함한 네 명의 입에서 다시 한번 환성이 터졌다.

"태어났구나!"

액정 화면 속에서 맨얼굴의 기하라 유이 선생이 배내옷에 싸인 갓난아이를 가슴에 안고 행복한 웃음을 짓고 있었다.

"아들이야, 딸이야?"

"엄청 튼튼한 남자애!"

오키히코의 질문에 시오리가 제 일처럼 뻐기며 답했다.

귓가에서 바람이 속삭이는 듯한 소리가 났다. 다시 한번 잘 들으니 겐이치가 "건강해서 다행이다……"라고 중얼거리고 있다.

평소의 점잖은 표정으로 돌아가 있어서 유타카는 남몰래 안도했다.

여기가 후쿠시마라서인가요?

오키히코에게 물었을 때, 겐이치는 한 번도 본 적 없는 굳은 표정이었다.

분명.

변해 버린 마을을 생각할 때 답답함에 사로잡히는 것은 나뿐만이 아닐 것이다.

"있잖아."

휴대 전화를 접으면서 시오리가 모두를 둘러보았다.

"출산 선물로 유이 선생님께 홀라걸스 고시엔 우승을 선물하자."

"그거 좋은 생각이네, 시오리!"

비상식 콤비의 하이파이브를 1학년 콤비가 기뻐하며 보고 있다.

"나 말이야, 유이 선생님이 복귀하기 전에 아누에누에 오하나를 훨씬 더 키워 놓고 싶거든!"

시오리의 당당한 선언이 맑게 갠 푸른 하늘에 울려퍼졌다.

"부탁했어, 츠지모토."

"네에, 네에."

완전히 윗사람 같은 말투에 유타카는 살짝 어깨를 굽신거렸다.

8. 가설 주택 방문

차창으로 커다란 뭉게구름이 보인다.

전차의 완만한 흔들림에 맞춰 맞은편에 앉은 오키히코가 꾸벅꾸벅 졸고 있다.

유타카는 창틀에 팔을 올리고 무심히 차창 너머 흘러가는 풍경을 바라본다. 완행열차는 빈자리가 많아서 일행은 둘씩 4인 동반석을 차지하고 있었다.

조금 더 가자 눈앞에 바다가 나타난다. 공장이 여기저기 있는 회색 바다. 공장이 멀어지고 바다가 푸르러지나 했더니 바로 터널로 들어갔고 나왔을 때는 이미 바다가 저 멀리로 멀어져 있었다.

복도 반대쪽 좌석에는 마야와 1학년 여학생이 완전히 잠에 빠져 있다. 지난주에 겨우 기말시험이 끝났고 여름 방학도 이 주 뒤로 다가와 있다.

2학년이 끝나기 전에 CAD 검정 3급까지를 따 버리려 생각하고 있는 유타카는 기말시험도 1학년 때보다 열심히 공부했다. CAD 란 컴퓨터로 하는 설계를 가리키는데 앞으로 건축과 관련해 필수라고 할 만한 자격이다. 4급은 평소 수업만 들어도 비교적 간단히 딸 수 있지만 3급 이상은 합격률이 뚝 떨어진다.

일반 과목은 1학년 때와 비슷했지만 2학년이 되어 늘어난 전문 과목 시험에서 유타카는 살짝 나아진 느낌이 들었다.

긴 방학을 앞두고 지금이 정신적으로도 가장 편한 시기다.

물론 여름 방학이 시작되면 이번 훌라걸스 고시엔 과제곡의 맹훈련이 기다리고 있다.

훌라 동아리가 여름이면 엄청 힘들다는 시오리의 말은 사실이었다.

바로 그 시오리를 보니 인솔자인 하나무라 선생과 부회장 모토코와 함께 의상 가방을 지키고 있다. 꽤나 기쁜 거겠지. 발 쪽에 쌓아 둔 가방 위에 손을 얹고 내내 만족스러운 표정이다.

의상이 도착했던 날 시청각실은 거의 축제 날처럼 소란스러웠다.

본격적인 훌라 댄스 전문점에 주문한 의상과 소품들은 평소에 100엔 숍 재료로 직접 만들었던 것들과 완전히 다른 물건이었다. 레이의 재료인 말린 꽃과 이파리들도 향기까지 남아 있는 고급스러운 것들이었다. 의상이라고 해 봤자 어차피 허리와 무릎에 두르는 것뿐이라고 여겼던 유타카조차 살짝 신이 났었다.

그 대신 ─ 꼭 그런 것도 아니겠지만, 이날 유타카 일행은 스폰서로서 의상비를 부담해 준 생명 보험 회사가 후원하는 여름 페스티벌에서 훌라 댄스와 타히티 춤을 보여 주게 되었다.

여름 페스티벌이 열리는 곳은 옆 동네에 가설 주택이 있는 공원이다.

가설 주택에는 귀환 곤란 구역에서 피난해 온 고령자를 중심으로 지금도 60세대 가까이 살고 있다고 한다. 유타카네 훌라 동아리의 공연은 지금까지 노인 돌봄 시설이나 보육원에 갔던 것과 마찬가지로 위로 방문이라는 형식이었다.

이번 여름 페스티벌은 많은 기업의 부스가 참가하는 대규모 행사여서 텔레비전 취재도 있을 거라고 들었다. 고문 대리 하나무라 선생과 회장 시오리는 행사장에 도착한 후 보험 회사 홍보 담당자와 미팅을 하는 모양이었다.

훌라 동아리에는 여름 방학 직전의 가장 큰 이벤트인 셈이다.

그런 것치고는.

기뻐하는 시오리 옆에서 모토코가 평소보다 더 심각한 얼굴을 하고 있는 것이 약간 마음에 걸렸다. 두 사람은 이야기를 하는 것도 아니고 대조적인 표정으로 의상 가방 위에 손을 올려놓고 있다.

그 건너편에서는 하나무라 선생이 코를 골며 숙면 중이다.

"선배."

문득 부르는 소리에 뒤를 돌아보니 뒤쪽 좌석에서 다이가가 얼굴을 내밀고 있다.

"양갱 먹을래요?"

등받이 위에서 천천히 양갱을 통째로 내민다.

"……아니, 됐어."

"아, 그래요?"

다이가는 곧장 등받이 너머로 사라졌다. 함께 앉아 있을 겐이치에게선 아무런 인기척도 없다.

오키히코는 여전히 새근새근 잠들어 있다. 감은 눈의 속눈썹이 길다. 자고 있는데도 묘하게 그림이 되다니 약이 오른다.

비쳐 들어온 햇살을 피해서 유타카는 손바닥으로 가슴께에 부채질을 한다.

새삼 주변을 돌아보지만 아무런 변화도 없는 듯 보인다. 평소의 일행, 평소의 태도. 생각해 보면 모토코의 표정이 굳어 있는 것도 굳이 새삼스럽지는 않다.

여름 햇볕이 넘치는 전원 풍경 속을 전차가 덜컹거리며 달려간다.

역에서 버스를 갈아타고 도착한 곳은 교외의 높직한 자리에 있는 커다란 공원이었다.

공원의 일부에 좌우로 긴 연립 주택 같은 가설 주택이 세워져 있다.

의상 가방을 옮기는 걸 도우면서 유타카는 수많은 깃발과 노점이 늘어서 있는 광대한 공원을 둘러보았다. 가설 주택을 제 눈으로 보는 건 실은 이번이 처음이었다.

주차장 건너로 보이는 가설 주택에는 완전히 똑같은 모양의 상자 같은 집들이 가로로 길게 들어서 있었다.

일단 각각 조그만 현관이 붙어 있지만 이웃 사이에 경계선은 거의 없다. 들여다보는 것이 싫어서일까, 창 앞에 베니어판 같은 것들을 기대어 세운 집이 많았다.

태양이 가장 높은 곳에 가까워지자 여름의 강한 햇살이 내리쬐었다. 나무들 사이에서 장마 끝 매미라고도 부르는 씽씽매미가 씨잉씨잉 하고 울기 시작했다.

"덥다!"

의상 가방을 끌어안은 오키히코가 한 손으로 턱 밑의 땀을 닦아낸다.

쨍쨍 내리쬐는 햇볕 아래, 베니어판으로 창을 막아 놓은 단층집에는 열기가 갇혀 있는 듯 보인다.

공원 안으로 걸어가니, 바로 보험 회사 홍보 담당자가 맞이한다.

이번 스폰서의 창구이기도 한 홍보 담당 여성은 이 더위에도 빈틈없이 정장을 갖춰 입고 있어서 이마엔 살짝 땀이 배어 있었다.

"오늘 잘 부탁드립니다!"

씩씩하게 인사를 하는 바람에 유타카 일행도 허둥지둥 고개를 숙였다.

여성이 안내해 준 곳은 가설 주택 마당에 있는 별관의 갓 만든 듯한 새 집회장이다.

"우와, 멋지다!"

맨 먼저 문을 연 시오리가 환성을 지른다.

평소엔 입주자들이 노래방 등으로 사용하고 있다는 무대 안쪽 벽에 ANUENUE OHANA(아누에누에 오하나)라는 하와이 말이 인쇄된 무지개 모양 현수막이 예쁘게 걸려 있었다. 현수막 끝에는 물론 스폰서인 보험 회사의 로고도 빠짐없이 들어가 있다.

방 안에서는 리포터인 듯한 여성과 몇몇 텔레비전 스태프들이 카메라와 마이크를 준비하고 있었다.

아무래도 이번 이벤트에서 아누에누에 오하나의 공연은 상당히 중요한 기획인 모양이다.

마야와 1학년 여학생들도 카메라를 짊어진 텔레비전 스태프들의 모습을 신기하다는 듯이 바라보고 있었다.

"우리도 꽤 유명해졌나 봐."

기뻐하는 시오리 옆에서 모토코만이 여전히 뚱한 표정이었다.

일단 유타카 일행은 여기서 여학생들과 헤어져 집회장 안쪽으로 향했다.

이번에는 유타카네 남학생들에게도 멋들어진 대기실이 할당되었다. 평소에 담화실로 쓰이는 다다미방에는 조그만 개수대까지 붙어 있었다.

"여기서는 마음 편히 옷을 갈아입을 수 있겠네."

의상 가방을 나르면서 유타카는 가슴을 쓸어내렸다. 비바람도 힘들었지만 뙤약볕 아래 내던져 놓는 것만은 참아 달라고 생각하고 있었다.

"대단하다! 과자까지 준비되어 있네. 빈틈이 없는걸."

다다미에 놓인 낮은 탁자 위에 홍보 담당자가 준비해 준 듯한 4인분의 스낵과 우롱차가 있었다. 다이가가 바로 스낵 봉지를 뜯었다.

"어이, 얘들아."

대기실 문을 열고 하나무라 선생이 얼굴을 내민다.

"시간이 좀 있으니까 사와다가 취재를 받는 동안 너희들은 밖에 부스를 보고 와도 돼. 그 대신 순서가 되기 한 시간 전엔 반드시 돌아와라."

담임은 여름 페스티벌 팸플릿을 가지고 와 주었다. 3면으로 접힌 팸플릿을 펼치니 가운데에 출전 부스의 배치를 알 수 있는 지도가 있다.

"꽤나 여러 노점이 나와 있네요."

지도를 손에 들고 오키히코가 감탄하듯 말했다.

들여다보니 수많은 기업과 단체가 광대한 공원 일대에 온갖 부스를 차려 놓고 있었다. 지역의 명산품이니 농산물을 취급하는 곳이 압도적으로 많지만 이번 스폰서인 보험 회사를 비롯하여 카드 회사라든가 신용 금고의 출장 상담 창구도 많았다. 색다르게도 현 내 사립 대학이나 단기 대학의 안내소 같은 것도 있었다.

그리고 공통된 구호는 여기서도 역시나 '부흥'이다.

"무슨 일 있으면 전화하고."

홍보 담당자가 부르는 소리에 따라 나가는 담임의 등에 대고 "옙." 하고 소리 맞춰 대답한다. 말만 길게 하는 별 볼 일 없는 아저 씨라고 여기고 있었지만 요즘 들어 담임은 꽤 점수를 땄다.

유타카도 팸플릿을 들고 보았다.

노점도 나와 있으니 뭐 좀 먹고 올까.

"자, 가서 잠깐 바깥 구경하고 올게."

유타카는 손목시계로 시간을 확인하면서 신발장에서 운동화를 꺼냈다.

"잠깐 쉬고 나도 갈게."

오키히코는 다다미 위에 다리를 펴고 앉아 우롱차로 손을 뻗는다.

아무 생각 없이 스낵을 먹고 있는 다이가 옆에서 겐이치는 말없이 지도에 눈을 떨구고 있었다.

"어쨌든, 공연 한 시간 전까지는 자유 시간이네."

방에 남아 있는 세 사람에게 말하고 유타카는 대기실을 나섰다.

무대 앞을 지나며 보니, 현수막을 배경으로 시오리가 여성 리포터와 인터뷰를 하고 있는 참이었다.

"훌라 댄스를 통해 모두 건강해졌으면 합니다."

생기 넘치는 시오리의 음성에 유타카는 무심결에 발이 멎는다.

"현재, 훌라 동호회 아우에누에 오하나는 여성 일곱 명, 남성 네 명으로 열한 명의 멤버가 있다고 들었는데 앞으로 새로운 멤버를 맞아들일 계획도 있나요?"

여성 리포터의 질문에 시오리는 힘차게 고개를 끄덕였다.

"만약, 우리 학교에서 이 방송을 보고 훌라에 흥미를 느끼는 사람이 있다면 주저 없이 말해 줬으면 합니다. 물론 초보자나 남자들도 대환영입니다!"

시오리는 카메라를 향해 생긋 웃어 보였다.

유타카가 멍하니 취재하는 모습을 보고 있는데 뒤쪽에서 커다란 한숨 소리가 들렸다.

돌아보니 등 뒤의 벽에 기대서 있는 모토코가 기가 차다는 듯한 표정으로 팔짱을 끼고 있다.

"이거, 언제 방영되는 거야?"

취재를 방해하지 않도록 유타카도 무대에서 떨어져 모토코 옆에 섰다.

"저녁 뉴스래."

모토코는 슬쩍 유타카를 올려다보더니 팔짱을 다시 낀다.

"저런 소리를 하고…… 정말로 지금부터 초보자들이 밀어닥치면 어쩔 작정인 걸까? 홀라걸스 고시엔도 머지않은데."

모토코의 입가에 쓴웃음이 떠오른다.

어렴풋이 눈치는 채고 있었지만 역시 회장 시오리와 부회장 모토코의 생각은 기본적으로 일치하지 않는 모양이다. 이론적이고 냉철한 모토코가 보기엔 천방지축 기세 좋게 밀고 나가기만 하려는 시오리가 도저히 납득되지 않는 것 아닐까?

"사실을 말하자면 남자들을 들어오게 하는 것도 나랑 마야는 반대했거든."

문득 모토코가 혼잣말처럼 그렇게 말했다.

"홀라 동아리는 남학생투성이 학교에서 유일하게 여자들끼리 마음 편하게 모일 수 있는 곳이었으니까. 시오리가 무슨 생각을 하는지 모르지만 기하라 선생님은 그 때문에 공업학교에 아누에누에 오하나를 만든 거라고 생각해. 실제로 나랑 마야가 처음에 동아리에 들어간 목적도 그거였고."

"뭐, 나도 들어갈 생각은 손톱만큼도 없었어."

유타카가 솔직한 심정을 입에 담자, 모토코는 웃음을 터뜨렸다.

"츠지모토는 그렇겠지. 하지만……."

모토코는 다시 무대 위에서 활발하게 답변을 하고 있는 시오리에게 시선을 돌렸다.

"츠지모토네가 들어와서 위문 와 달라는 신청이 늘어난 건 사실이야. 확실히 말하자면 여학생들만 하던 홀라에 싫증이 나기 시작하던 참이니까. 그런 의미에선 시오리가 하는 일이 정답이라고 생각해."

그런 냉정한 판단이 있었기에 모토코는 납득하기 힘든 시오리의 방식을 말없이 받아들여 온 것이리라.

유타카는 문득, 시오리는 모토코의 이런 마음을 알고나 있을까 생각했다.

아마, 모르겠지.

좋은 의미든 아니든 주변 분위기를 읽으려 들지 않는 시오리가 그런 것을 눈치채고 있으리라고는 도저히 생각할 수 없었다.

"오늘은 오랫동안 가설 주택에서 고생하고 계시는 여러분을 위해서라도 잘해 주세요."

여성 리포터가 카메라를 보며 마무리 멘트에 들어갔다.

"네, 부디 여러분이 활기를 되찾으시길 바라요!"

시오리 역시 만면에 웃음을 띠며 그에 응했다.

"그건 무리야."

갑자기 모토코가 강한 어조로 중얼거린다.

무심결에 돌아보니 모토코는 씁쓸한 표정을 짓고 있었다.

"여름 페스티벌에 오거나 하는 건, 어차피 근처에 사는 사람들뿐이야. 가설 주택 주민들은 오질 않는다고."

"뭐? 어째서?"

단정적인 말투에 유타카는 당황한다.

이번에 자신들이 여름 페스티벌에 참가한 목적은 학교에서도 가설 주택 위문이라 하지 않았던가?

"어째서든."

모토코는 고집스레 내뱉더니, 그대로 집회장을 나가 버렸다.

유타카는 망연히 그 뒷모습을 바라보았다. 모토코와 둘이서만 이야기를 나눈 것은 처음이지만 생각했던 것보다도 까다로워 보인다.

무대 쪽에서 짝짝, 하는 박수 소리가 들렸다.

인터뷰를 끝낸 시오리가 감독과 홍보 담당자들에게 머리를 숙이고 있다.

"좋은 인터뷰였어요."

"침착하게 아주 잘했어요."

모두들 칭찬 일색이어서 시오리는 기쁘다는 듯 상기되어 있었다.

그 후, 유타카는 여기저기 부스를 기웃거리다가 공연 한 시간 전보다 훨씬 일찍 대기실로 돌아왔다. 운동화를 벗으며 확인한 바로는 신발장에 운동화가 두 켤레밖에 없다.

대기실을 들여다보니 오키히코는 벽에 기대어 책을 보고 있고, 다이가는 다다미 위에 누워 있었다. 겐이치의 모습만 보이지 않는다.

"우스바는?"

언제나 함께인 다이가는 기분 좋게 코를 골고 있다. 그 점잖은 겐이치가 혼자서 외출을 한 것일까?

"어, 유타카랑 같이 있는 거 아니었어?"

책을 읽고 있던 오키히코도 의외라는 듯이 고개를 든다.

곧 돌아오겠지 싶었지만 전혀 돌아올 낌새가 없다.

"이상하네. 슬슬 옷을 갈아입어야 하는데."

오키히코가 점차 불안해지는 기색이었다.

갈아입는다고 해 봤자 벗고 두르는 정도이긴 하지만, 평소에 꼼꼼한 겐이치가 시간에 맞춰 나타나지 않는 건 분명 이상하다.

요즘 같은 시절, 보기 드물게도 겐이치는 휴대 전화가 없다.

"어떡할까? 하나무라 선생님한테 찾아 달라고 할까?"

"아니, 선생님도 지금은 홍보과 사람들하고 같이 있지 않을까?"

오키히코와 의논을 하고 있는데 등 뒤에서 다이가가 일어나는 기척이 난다.

"무슨 일인데요?"

불쑥 얼굴을 내미는 바람에 살짝 놀랐다. 자고 일어난 다이가는 한층 더 아저씨 같다.

"우스바가 안 오네."

유타카의 말에 다이가는 얼굴을 벅벅 문지른다. 그러고는 몇 초인가 지나서야 겨우 "어?" 하는 소리를 낸다. 지구 반대편에서 위성 중계로 보내는 듯한 반응이다.

"다이가, 겐이치가 흥미를 보일 만한 곳 알아?"

오키히코가 들이미는 지도에 다이가는 시선을 고정했다.

그러고 보니, 유타카가 이 방을 나설 때도 겐이치는 지금 다이가가 하듯이 지도를 응시하고 있었다.

역시 어딘가 부스를 보러 간 게 분명하다.

"으악!"

마침내 다이가는 조그맣게 고함을 지르더니 몸집에 안 어울리게 민첩하게 일어섰다.

"왜 그래, 나츠메?"

유타카의 묻는 소리도 귀에 들어오지 않는지, 다이가는 운동화를 꿰신더니 대기실을 뛰쳐나갔다.

"유즈키!"

"알았어!"

유타카와 오키히코도 재빨리 그 뒤를 쫓았다.

과연 유도 검은 띠. 거대한 몸이지만 거의 근육으로 되어 있는 다이가는 달리기도 빠르다. 집회장을 뒤로하고 마당을 빠져나가 광대한 주차장을 휙휙 달려갔다.

단련되어 있는 유타카조차 헉헉거리며 숨이 찰 무렵에 가까스로 도착한 곳은 가설 주택의 뒷마당 같은 곳이었다.

공원 안에 넘치던 가족들의 모습도 없이 외진 그곳에는 오직 하나의 노점만 외따로 있었다.

주변에 소스 냄새가 떠돈다. 잘 보니 안경을 낀 중년 남자가 땀을 흘려 가며 철판 위에서 야키소바를 만들고 있다.

그뿐이라면 공원 안의 먹거리 노점과 똑같다.

그런데 주변에 떠도는 분위기가 아무래도 묘했다. 야키소바를 만들고 있는 남자의 동작은 부자연스럽고 그를 둘러싼 사람들의 표정도 굳어 있다.

중년 남자 곁에는 젊은 남자 둘이서 말없이 고개를 숙이고 채소를 자르고 있었다.

유타카는 헉하고 숨을 들이마셨다.

중년 남자와 젊은이들이 입고 있는 유니폼은 낯익었다. 푸른색 상하의. 가슴 주머니에 붙어 있는 회사의 로고.

후쿠시마 원전에서 사고를 일으킨 전력 회사의 유니폼이다.

"어이! 도대체 언제까지 기다리라는 거야? 모두 먹을 만큼 만드는 것 아니었어?"

느닷없이 커다란 소리가 울려 퍼진다.

술잔을 손에 든 반백의 남자가 굳어 버리는 면과 요령 없이 격투를 벌이고 있는 안경 쓴 남자에게 소리를 지른다.

"아니면 뭐야, 고학력 고임금자라서 솔직히 이런 짓은 못 하겠다는 거야? 우리가 부탁해서 온 것도 아니잖아."

고함을 쳐 대는 남자에게 안경 쓴 남자가 뭐라고 말해 가며 고개를 조아린다.

안경 쓴 남자의 말은 여기까진 들리지 않는다.

"뭐? 귀신 씻나락 까먹는 소리 하고 있네. 애당초 이런 것보다 해야만 할 일이 잔뜩 있잖아."

분명히 술에 취했다는 걸 알 수 있을 정도로 얼굴이 새빨간 초로의 남자는 더더욱 안경 쓴 남자에게 따지고 들었다.

"어차피 위에서 가라니까 마지못해 온 것뿐이지? 너희들 때문에 우리가 얼마나 피해를 입었는지 제대로 생각해 본 적이나 있냐고! 보란 듯이 유니폼 따위 맞춰 입고 말이야!"

일방적으로 야단을 맞으면서도 안경 쓴 남자는 몇 번씩이나 고개를 숙였다.

걱정스레 보고 있는 이들도 있지만 아무도 반백의 남자를 말리려 하진 않는다.

"유타카."

문득 오키히코가 귓가에 대고 소곤댄다.

오키히코가 가리키는 곳을 보니 가설 주택 현관의 기둥 뒤에 겐이치가 있다. 겐이치는 뚫어져라 노점의 상황을 바라보고 있었다.

그 순간, 다이가가 내달린다. 두 사람도 뒤를 쫓았다.

"우스바, 무슨 일……."

가까이 가며 말을 꺼내다가 유타카는 그대로 멈췄다.

돌아보는 겐이치의 얼굴은 눈물 콧물 범벅이었다.

눈을 깜빡이자 새로운 눈물이 뺨을 타고 내려 뚝뚝, 땅 위로 떨어졌다.

"이거 봐, 양배추가 탔잖아, 이런 걸 먹으라는 거야!"

다시 한번 남자의 고함 소리가 울렸을 때, 겐이치의 입술이 조그맣게 떨렸다.

"……아…….."

언제나처럼 바람이 속삭이는 듯한 크기였지만 유타카의 귀에는 그 비통한 음성이 확실히 들렸다.

"우아아아아아악!"

그 순간, 다이가가 온몸을 거꾸로 세우는 듯한 포효를 내질렀다.

뒷마당에 있던 모든 사람이 놀란 듯이 이쪽을 바라본다.

"안 돼, 다이가!"

반백의 남자를 향해 돌진하려는 다이가를 오키히코가 필사적으로 붙잡는다.

그 다이가를 대신하여 유타카가 한 걸음 내딛는다.

"아저씨, 적당히 해 두시지!"

정신이 들고 보니 고함을 치고 있었다.

"사고가 그 사람들 탓만은 아니잖아!"

생각하기도 전에 말부터 나왔다.

너무 울어 부어오른 눈에서 새로운 눈물을 뚝뚝 떨어뜨리며 겐이치는 말했던 것이다.

……아버지…….

"술에 취해서 시비를 걸면 안 되지!"

유타카의 기세에 술잔을 든 초로의 남자가 아주 조금 곤란한 표정을 지었다.

하지만 그때.

"닥쳐, 꼬맹이!"

전혀 다른 곳에서 천둥소리 같은 음성이 울렸다.

움찔해서 돌아보니 가설 주택 현관에서 전통복을 입은 백발의 노인이 나오는 참이었다. 네모난 얼굴에 사천왕상 같은 눈이 유타카를 노려보고 있었다.

그 박력에 유타카는 일순 겁먹었다.

노인은 걸음을 옮기며 배 속에서부터 울리는 음성으로 말한다.

"그 사람은 이번 사고로 사십 년이나 이어 온 목장을 그만둬야했어. 정성 들여 기르던 소를 전부 처분해야만 했던 그 사람의 심정을 너 같은 꼬마가 알아? 아무것도 모르는 어린애가 잘난 척 떠들지 마라!"

주변이 고요해졌다.

노인의 말에 유타카는 겨우 모든 상황이 이해되었다.

여기 있는 건 모두 가설 주택에서 지내는 사람들이다.

그 사람들을 위해 전력 회사에서 특별히 노점을 내고 있는 것이다.

"미……미안합니다, 이시쿠라 씨."

노점에서 야키소바를 만들고 있던 안경 쓴 남자가 이쪽을 향해 달려온다. 가까이 오더니 그는 노인을 향해 깊이 고개를 숙였다.

"거기 있는 건 제 아들 녀석입니다. 이 학생은 아들놈을 위해서 그렇게 말한 거겠지요. 정말 죄송합니다."

다시 한번 깊이 고개를 숙이고 나서 그는 겐이치 옆에 섰다.

"겐이치, 너 여기서 뭐 해?"

"아버지……."

두 사람은 여기서 만나는 것을 서로 예상치 못했던 모양이었다.

훌쩍거리는 겐이치의 모습을 보더니 노인도 그 이상은 아무 말도 하지 않았다.

고요해진 뒷마당에 씽씽매미 소리가 울린다.

여름의 강렬한 햇살이 새하얗게 마당에 내리쪼이고 있다.

마침내 초로의 남자가 코웃음을 치더니 술잔을 테이블 위에 내던졌다.

"나도 마시고 싶어서 마시는 게 아니야. 그런데 배상금으로 대낮부터 술이나 퍼마신다며 흉을 보는 인간들이 잔뜩 있다니까. 정말이지, 지긋지긋하다고."

그렇게 내뱉고는 남자는 현관으로 들어갔다.

그때 느닷없이 요란스러운 소리가 다가왔다.

돌아보고, 유타카는 몸이 굳었다.

텔레비전 스태프들과 함께 화려한 의상으로 갈아입은 시오리와 마야가 이쪽으로 다가오고 있었다.

"여러분, 지금부터 훌라 댄스를 출 거니까 꼭 집회장으로 와 주세요."

플루메리아로 만든 환영용 레이를 손에 들고 시오리가 명랑하게 말했다.

"어?"

모여 있는 유타카 일행을 보고는 시오리는 이상하다는 듯한 표정을 지었다.

"어떻게 된 거야? 왜 옷도 안 갈아입고? 이제 곧 시작인데."

손에 든 레이도, 머리에 꽂은 심홍색 히비스커스도, 화려한 무늬가 인쇄된 레몬색 파우 스커트도 생뚱맞게 요란하다.

사람들은 기가 차다는 듯이 시오리를 바라보고 말없이 반백의 남자 뒤를 따라갔다.

"여러분, 꼭 와 주세요. 오늘은 활기찬 곡을 많이 준비했어요. 후쿠시마의 부흥을 위해 마음을 담아 춤추겠습니다."

시오리도 마야도 레이를 내밀었지만 아무도 받지 않는다.

열심히 권유하고 있는 시오리와 마야 뒤에서 선글라스를 쓴 감독이 카메라를 둘러메고 있는 스태프에게 조그맣게 속삭였다.

"그림이 되려면 가설 주택 사람들이 와 줘야 돼."

그 말을 놓치지 않고 들은 백발 노인이 휙 돌아섰다.

"이놈들!"

다시 한번 배 속 깊은 곳에서 울리는 음성이 주변에 퍼졌다.

"그림이 어쩌고 어째? 얼간이 같은 소리 하지 마라!"

노인의 기세에 시오리와 마야도 깜짝 놀라 손을 멈춘다.

아랑곳없이 노인은 텔레비전 스태프들을 쏘아보았다.

"훌라 댄스 따위가 뭐라고! 그걸 보며 즐거워하는 우리를 찍으면서 이젠 괜찮다고 안심하고 싶은 건 너희들 쪽이겠지. 피해자들의 감동 스토리나 보면서 이걸로 전부 끝났다고 생각하고 싶은 건 재난을 겪지 않은 지역 인간들뿐이고. 댄스 따위로 여기 있는 사람들의 심정은 변하지 않아. 그런 걸로 이 재난이 해결될 것 같으냐!"

노인의 음성이 마당 구석구석까지 울려 퍼졌다.

그때 사각거리는 소리가 났다.

시오리가 들고 있던 레이를 떨어뜨린 것이다. 그 곁에서 마야 역시 새파랗게 질린 표정이었다.

"학생들."

노인이 점잖은 음성으로 말하며 시오리를 향해 돌아섰다.

"집회장은 마음대로 사용해도 좋아. 그런데 미안하지만 우리는 댄스 같은 걸 보고 싶지 않다네. 부흥이라는 말을 듣고 싶지 않은 사람도 여긴 얼마든지 있고. 오 년이 지났지만 뭐 하나 달라진 게 없다는 것이 여기 남겨진 우리의 현실이니까."

노인은 서글픈 눈길로 시오리를 보았다.

"그러니 학생도 이런 놈들 소리를 꼭두각시처럼 따라 하는 건 그만두시게."

시오리는 망연히 서 있었다. 다리를 조금씩 떨기 시작했다.

유타카는 시오리의 얼굴을 볼 수 없었다.

어떤 케어 센터에서도 보육원에서도 아누에누에 오하나는 언제나 따뜻한 환영을 받았다.

그런 눈길 속에서만 춤을 추고 있던 우리들은, 어쩌면 호의라는 것을 당연하다는 듯 누리며 지내 왔는지도 모른다.

처음엔 가설 주택에서도 훌라 댄스를 기뻐했을 것이다. 이전에 시오리가 건네준 자료 중에는 과거 수많은 가설 주택을 방문했다는 기록이 있었다.

하지만 그로부터 오 년. 이미 오 년이라는 세월이 흐른 것이다.

아직까지도 가설 주택에 사는 이들은 여전히 부흥, 부흥, 하는 찍어 낸 듯한 낱말만을 똑같은 곳에서 듣고 있다.

왜냐하면, 이번 사고로 후쿠시마에는 '귀환 곤란 구역'이라는 형태로 영영 돌아갈 가능성이 없는 지역이 생겨 버렸기 때문이다.

무리야.

이때 유타카는 모토코가 차갑게 내뱉던 말의 진짜 의미를 비로소 뼈저리게 깨달았다.

"유타카."

부르는 소리에 정신을 차린다.

오키히코가 고요한 눈길로 자신을 보고 있었다.

"가야지, 시간 됐어."

9. 새 멤버

~~~~~~

여름 방학이 시작되었다.

방학이 되고 나서도 교정과 체육관은 운동부로 가득 차서 훌라 동아리는 여전히 시청각실이나 복도를 사용하고 있었다.

그날도 시청각실 앞쪽을 써서 새로 가입한 여학생 다섯이 하와이 음악에 맞추어 익숙하게 스텝을 밟고 있었다.

댄스 경험자는 DVD만 보고도 이렇게 간단히 스텝을 익혀 버리는 건가? 여학생들의 초보 같지 않은 리드미컬한 발놀림에 유타카는 살짝 감탄한다.

아누에누에 오하나의 가설 주택 방문을 소개한 뉴스를 보고 가입을 신청한 여학생은 모두 1학년들이다. 다섯 명 모두 재즈 댄스라든가 힙합 같은 댄스 경험자들이라고 한다.

"댄스 쪽 동아리가 있다는 건 지금까지 몰랐어요."

어릴 때부터 재즈 댄스를 배웠다는 아사이 유나는 시청각실을 찾아오자마자 그렇게 말했다.

유타카도 유나는 낯이 익었다.

이제 드디어 공업고에도 귀여운 여자애가 들어왔다며 다나카 패거리가 소란을 떤 적이 있다.

분명 유나가 끌고 온 여자애들은 이 학교 특유의 이른바 '이과 여자'와는 약간 달랐다. 머리를 연예인처럼 자르고, 눈썹 손질을 하고, 입술에 립글로스를 발랐다. 좋게 말하자면 세련되고 나쁘게 말하자면 살짝 되바라진 아이들이었다.

그런데 그 가운데 한 아이, 더더욱 달라 보이는 아이가 있다.

처음 얼굴을 보았을 때, 솔직히 유타카는 간담이 서늘했다.

피부는 새까맣다. 머리카락은 선도부에 안 걸리는 게 신기할 정도로 탈색했고, 게다가 눈썹을 거의 다 뽑았다.

이리 보고 저리 보아도 한가락 하는 양아치다.

유타카는 시청각실 뒤쪽에서 새 멤버들의 춤을 보고 있는 기존 여자 멤버들을 슬쩍 훔쳐보았다.

여름 방학 직전의 가설 주택 위문 이후 시오리는 어딘가 멍해져 있다.

지금도 커다란 눈을 치뜨고는 있지만 그 얼굴에 감정이 떠오르지 않는다. 옆에 있는 마야 역시 모호한 표정을 짓고 있다.

그리고 모토코는 평소보다 엄격한 눈길로 솜씨 좋게 스텝을 밟는 여자아이들을 응시하고 있었다.

문득 모토코와 시선이 마주칠 듯해서 유타카는 당황하며 앞을 보았다.

저절로 가장 눈에 띄는 아이, 마카베 하마코가 눈에 들어온다.

"DJ 하마라 불러, YO, NE!"

중학생 때부터 힙합에 빠져 있다는 하마코는 척 보기에도 충분히 도드라지건만, 이런 자기소개로 더더욱 주변을 기함하게 만들었다.

게다가 이 힙합걸은 어쩌면 모토코가 잘 아는 아이인 것도 같다.

"어?"

처음 시청각실로 들어왔을 때, 하마코는 모토코를 보자마자 약간 부은 듯한 외까풀 눈을 동그랗게 떴다.

그때 모토코의 흠칫하던 표정을 유타카는 지금도 잊지 못한다.

무슨 말인가 하고 싶은 듯한 하마코를 뿌리치고 모토코는 잰걸음으로 시청각실을 나가 버렸다.

냉정한 모토코가 그 정도로 노골적인 태도를 보인 것이다. 그 만남이 반가운 재회가 아니라는 것은 옆에서 보기에도 명백하다.

뜻밖에도 하마코는 분위기 파악을 한 것인지 그 후에는 모토코에게 다가서려 하지 않는다.

하지만 팔짱을 낀 채 앞쪽을 응시하고 있는 모토코는 하마코의 모습만 좇고 있는 것처럼 보인다.

유타카 역시 한동안 카호로로 살랑살랑 이동하는 하마코를 바라보았다. 척 보기에 인상이 너무 강하지만 실은 하마코는 꽤나 댄스가 능숙하다. 균형이 깨지기 십상인 백 스텝도 어려움 없이 해낸다. 무엇보다 리듬감이 있다.

마침내 전원이 천장을 향해 두 팔을 높이 들어 올린 부분에서 음악이 끝났다.

스틸 기타의 여운이 사라지고 시청각실이 조용해졌다.

"……아, 엄청, 좋았어."

수초간 공백 후 겨우 정신을 차린 듯한 시오리가 말했다.

"굉장하네. 이렇게 빨리 스텝을 모두 익히다니. 이 정도면 금세 우리랑 같이 앞줄에서 출 수 있겠어. 도저히 초보자라고는 안 보인다."

"댄스에 초보자인 건 아니니까요."

유나가 새침한 표정으로 대답했다.

"아, 그런가? ……미안."

무안하다는 듯이 웃는 시오리는 왠지 무리하고 있는 것처럼 보인다.

여름 페스티벌 이후 시오리는 완전히 패기를 잃어버렸다. 이전의 시오리라면 후배에게 이런 식으로 사과를 하는 일은 결코 없었을 것이다.

사실 유타카는 아누에누에 오하나의 가설 주택 위문을 소개한 뉴스를 보지 않았다.

솔직히 말하자면 볼 용기가 없었던 거다.

후배들을 앞에 두고 비굴한 웃음을 짓고 있는 시오리를 바라보고 있으니까 그다지 떠올리고 싶지 않은 당시의 광경이 되살아난다.

그날, 오키히코의 말에 정신을 차리고 서둘러 모두 대기실로 돌아오니 아무것도 모르는 하나무라 선생이 엄청 화를 냈다.

"한 시간 전엔 돌아오라고 했는데 모두 같이, 도대체 어디를 싸돌아다닌 거야?"

계속해서 어쩌고저쩌고 야단을 쳐 대는 하나무라 선생을 보는 둥 마는 둥, 말없이 옷을 갈아입었다.

그리고 무대로 통하는 문으로 홀을 들여다보고 완전히 할 말을 잃어버렸다.

시오리네의 무대가 그 지경인 것은 본 적이 없었다.

어딜 가나 박수와 환호로 둘러싸여 있던 아누에누에 오하나.

이날은 평소의 비닐 테이프를 갈라 만든 싸구려 의상이 아니라 옷감도 소재도 현지에서 보낸 본격적인 것이었건만.

멋들어진 의상이나 등 뒤의 현수막이 어색할 정도로 그들의 춤에는 생기가 없었다.

딱히 템포가 어긋나거나 안무를 틀리거나 한 것은 아니다. 그렇다면 도대체 무엇이 평소와 그리도 달랐던 걸까?

시오리가 솔로 파트를 추기 시작했을 때, 가까스로 확실히 깨달았다.

웃음이었다.

언제나 매혹적인 웃음을 얼굴 가득 담고 가볍게 춤을 추던 시오리가 창백한 표정인 채 기계적으로 스텝을 밟고 있었다.

파파리나 라히라히. 사랑하는 처녀의 장미색 뺨이 아름답다고 노래하는, 훌라 아우아나 중에서도 특히 경쾌하고 밝은 노래인데 앞줄에서 춤을 추는 2학년 여자애들은 하나같이 침울한 표정이었다.

모토코만은 어떻게든 웃음을 지으려 했지만 입술 끝이 치켜 올라가 굳어 있는 듯이 보일 따름이었다.

언제나 자신들을 이끌고 가던 선배들의 돌변에 1학년 여학생들도 불안한 기색을 감추지 못했다.

"훌라 댄스에서 가장 중요한 건 웃는 얼굴이야, 웃는 얼굴."

시오리의 입버릇을 유타카는 가장 비극적으로 통감했다.

훌라 댄스의 매력은 댄서들의 웃는 얼굴이 있어야 비로소 남김없이 관객들에게 전해질 수 있다. 아무리 컬러풀한 의상으로 몸을 감싸고 있어도 어두운 표정으로 추는 훌라에서는 아무런 메시지도 울려오지 않았다.

소문난 아누에누에 오하나를 한번 보겠다고 집회장에 모여든 많은 사람들도 김이 새 버린 듯했다.

이대로는 곤혹이 낙담으로, 낙담은 실망으로 변해 버린다.

처음 본 사람들이 고등학생들의 홀라 댄스라 해 봤자 이 정도구나 하고 생각하는 건 억울하다.

다음 오테아에서 어떻게든 만회하려 시도는 했지만 무대에 나선 순간 힘들다는 걸 깨달았다.

겐이치와 다이가에게서 아무런 기력도 느낄 수 없었다. 기력은 커녕 완전히 넋이 나가 있었다. 오테아는 네 사람의 포메이션이 하나가 되지 않으면 다이내믹한 박력이 생기지 않는다.

여자들이 합류해도 마찬가지였다. 마야의 입에서는 갈라진 목소리밖에 나오지 않았다.

유타카와 오키히코 둘이서 아무리 열연을 해 봤자 마지막까지 장내 분위기를 바꾸지는 못했다.

이런 무대는 유타카도 처음이었다.

시오리 일행 역시 경험한 적이 없을 게 분명하다.

마지막에 큰 실수를 했던 첫 무대 때도 이 정도로 비참한 기분은 아니었다.

그 끔찍한 무대를 텔레비전을 통해 보다니, 도저히 견딜 수 없을 것 같았다.

"뭐, 앞줄에 서도 좋고요."

유나의 젠체하는 음성에 유타카는 정신을 차린다.

한쪽 손가락으로 머리카락을 빗질하며 유나가 힐끗 이쪽으로 시선을 보낸다.

유타카 옆에 있는 오키히코를 본 것이다. 그 눈길엔 용모에 자신 있는 여성 특유의 교태가 담겨 있다.

같은 학년의 화려한 여학생이 등장하자, 평소엔 꺄악꺄악 사이 좋게 까불어 대던 네 명의 기존 1학년들은 꿔다 놓은 보릿자루처럼 얌전해졌다. 한쪽 구석에 모여 서서, 아이돌처럼 손질한 긴 머리카락을 손가락으로 빗어 올리는 유나를 겁먹은 듯이 바라보고 있다.

"⋯⋯응, 그건 좀, 앞으로의 과제로 할게. 우선은 여자가 열두 명이 된 포메이션을 다시 짜야지."

시오리가 머뭇머뭇 흐리멍덩한 소리를 한다.

"그래도 이 정도로 잘하는 사람들이 들어와 주면 훌라걸스 고시엔을 향해 전력 강화가 되겠지?"

시오리가 동의를 구하자 마야가 조그맣게 끄덕인다.

모토코는 여전히 말이 없다.

얼마 전, 훌라걸스 고시엔 사무국에서 과제곡 DVD를 보내왔다. 훌라 아우아나의 과제곡은 네 곡. 이 곡들은 모두 안무도 정해져 있다. 거기서 한 곡을 골라 규정된 안무로 우열을 가린다.

대조적으로 타히티 춤 오테아는 토에레의 즉흥 연주에 맞추어 안무도 우리들끼리 일일이 생각해야만 한다.

채점은 훌라부, 타히티부로 나누어 각각 심사위원을 초빙하여 이루어지고 총득점으로 최우수상이 결정된다.

요컨대 우승을 하기 위해서는 훌라 아우아나의 정확함과 완성도, 타히티 춤 오테아의 기획성과 독창성, 양쪽이 필요하다.

종합 우승을 노리기 위해서는 유나 같은 댄스 경험자의 가입이 분명 마음 든든한 일일지도 모른다.

"그럼, 남녀로 나뉘어서 과제곡 스텝 연습 들어갈까?"

하지만 시오리가 그렇게 말한 순간 유나 일행은 모두 일어섰다.

"포메이션이 정해지지 않았으면 우린 실례할게요."

"응? 일부러 왔는데 스텝만이라도 맞춰 보자."

"스텝은 벌써 마스터했다니까요."

시오리가 권했지만 유나는 쌀쌀맞게 고개를 흔든다.

"남녀 같이 맞출 때 다시 말해 주세요."

아무래도 유나는 아직 초보자 냄새를 풍기는 별 볼 일 없는 1학년들과 연습을 같이할 마음이 손톱만큼도 없어 보인다.

슬쩍 오키히코에게 웃어 보이고는 다른 아이들을 데리고 망설임 없이 시청각실을 빠져나간다. 줄레줄레 유나를 따라가는 아이들 틈에서 하마코만은 미련이 남는 듯 몇 번이나 돌아보았다.

"간다! 하마!"

결국 그렇게 부르는 소리를 듣고 하마코도 시청각실을 나갔다.

방구석에 뭉쳐 있던 1학년 여학생들과 모토코가 동시에 어깻숨을 내쉬었다.

8월이 다가오고 교정에선 씽씽매미 대신 기름매미와 참매미가 우렁차게 울어 대기 시작했다.

유타카와 오키히코, 1학년 콤비는 「달밤엔」의 남성 춤 스텝을 함께 연습하고 있다.

훌라걸스 고시엔의 과제곡 네 곡 가운데 이 곡을 적극적으로 민 것은 겐이치다. 첫 무대에서 할머니, 할아버지와 함께 춤추던 즐거움을 잊지 않고 있었던 것이리라.

여름 페스티벌 이후, 시오리와 마찬가지로 겐이치나 다이가 역시 한동안 풀이 죽어 있었지만 이제 겐이치는 누구보다 열심히 훌라 댄스에 열중하고 있다.

유타카는 그날 처음으로 겐이치의 아버지가 전력 회사 직원이라는 사실을 알았다.

여기가 후쿠시마라서인가요?

언젠가 심각한 표정으로 오키히코에게 물었던 일을 떠올리면 유타카는 지금도 가슴이 뻐근하게 아파 왔다.

가설 주택 사람들의 현실을 마주한 것도 머리 위에 찬물을 뒤집어쓴 듯한 기분이었지만 사고를 일으킨 쪽 가족들의 심정 같은 건 유타카는 지금까지 생각해 본 적이 없었다.

그러나 유타카의 걱정을 날려 버리듯이 겐이치는 집중해서 연습에 참가하고 있었다.

달밤에는 해변에 나와 모두 함께 춤을 추자 야자나무 그늘 아래

여성 가수가 우쿨렐레 리듬에 맞추어 달콤한 소리로 노래를 부른다.

손을 허리에 우쿨렐레에 맞추어 춤추자 훌라를

춤으로 추는 문학이라고 불리는 훌라 댄스는 모든 손동작에 문자와 맞먹을 정도로 의미가 담겨 있다. 달, 해변, 야자라는 단어 하나하나를 팔의 움직임으로 표현하고 우쿨렐레 부분에서는 정말로 우쿨렐레를 치는 몸짓을 한다.

어여쁜 레이를 줄게요 함께 춤추는 그대에게 화관을 드릴게요 춤을 잘 추는 그대에게⋯⋯

「달밤엔」은 일본어 가사가 알기 쉽다는 점 덕에 가장 친근한 훌라 댄스곡 중 하나다.

아누에누에 오하나에서는 이번에 이 곡을 추면서 남녀 혼성으로 훌라 대회에 도전하는 것을 강조하기 위하여 남녀가 짝을 이뤄 스텝을 밟는, 콤바인이라 불리는 포메이션을 만들기로 했다.

홀라걸스 고시엔에 출장하는 팀에는 적은 곳은 세 명, 많은 곳은 서른 명이 넘는 멤버가 있다. 과제곡의 안무는 공통이라지만 포메이션은 사람 수에 맞추어 각 팀이 특색을 드러내려 머리를 싸매고 고심한다. 사람 수가 적으면 각각의 춤을 솔로처럼 돋보이게 해서 인상 깊게 한다든지, 많으면 좌우 대칭 포메이션으로 퍼포먼스 효과를 높인다든지 할 수도 있다.

시오리의 작전은 당연히 남녀 혼성이 아니고는 불가능한 포메이션을 짜는 것이다.

훌라는 사교댄스와 달리 남자가 리드한다든가, 남녀의 몸이 서로 닿는다든가 하지 않는다. 그러나 발의 움직임이나 손짓 등으로 미묘한 남녀 차를 연출할 수 있다.

지금은 여자 춤에 끌려가지 않도록 남자들끼리만 스텝 연습을 하고 있지만 실제로는 여자와 마주 보고 춤을 추게 된다.

보이지 않는 상대를 떠올릴 때, 문득 거기 하야시 마야의 모습이 있었다.

하지만 유타카와 짝을 이루는 것은 새 멤버인 아사이 유나다.

자신과 짝이 되기로 정해졌을 때 유나가 지은 못마땅한 표정을 떠올리고 유타카는 조그맣게 혀를 찼다.

네가 상대라서 기가 차는 건 이쪽도 마찬가지거든.

이번 훌라 댄스에서는 앞줄의 여자 네 명이 남자와 짝을 만들어야 했다. 저절로 남자 멤버 가운데 가장 스텝이 능숙하고 외모도 멋들어진 오키히코가 리더 시오리와 함께 중앙에 서게 되었다.

그러니 그다음으로 안정되어 있는 유타카가 댄스 상급자인 유나와 짝이 되는 건 필연이었다.

마야는 겐이치와, 모토코는 다이가와 짝이 되었다.

1학년 중에서 앞줄에 설 한 명을 고를 때, 시오리는 유나와 하마코를 말했다. 사실 두 사람의 댄스 실력은 비슷했지만, 하마코는 보기에 인상이 너무 강하다는 암묵적인 동의하에 결국 유나가 앞줄에 배정되었다.

그렇지만 상대가 오키히코가 아니라는 걸 안 순간부터 유나는 드러내 놓고 불만스러운 얼굴이었다.

날이 갈수록 유나는 오키히코에 대한 관심을 노골적으로 표현했다.

어쩌면 유나에게는 댄스 동아리를 발견했다기보다는 학교의 아이돌 왕자님이 방과 후 어디서 무얼 하고 계신지를 알아냈다는 것이 아누에누에 오하나 가입의 동기였던 듯하다.

오키히코를 상대로 유나가 교태를 부릴 때마다 유타카는 맥이 빠진다.

나는 귀여워, 하고 온몸으로 주장하는 듯한 자의식 과잉인 여자를 유타카는 원래부터 질색했었다.

162

춤출 사람이 다 모이면 자 어서 춤을 추자 오늘 하룻밤

노래가 2절로 접어들면 유타카 일행이 앞줄에 선다.

처음엔 어색하기만 하던 1학년 콤비도 손발이 꽤나 부드럽게 움직이게 되었다. 이 정도면 허리를 엉거주춤하고 춤을 춰도 더는 탄광에서 추는 춤처럼 보이지 않는다.

하지만 훌라걸스 고시엔은 명실공히 경연 대회다. 지금까지의 모호한 얼버무림이나 힘으로 밀어붙이는 건 통하지 않을 것이다.

유타카나 오키히코도 지금까지보다 신경을 쓰고 정확하게 안무를 맞추려 애를 쓴다.

특히 어려운 것이 웃는 얼굴이다. 춤추는 데 열중하다 보면 자기도 모르게 웃음을 잊어버린다.

"우스바, 나츠메! 웃어!"

어느샌가 이를 악물고 있는 1학년 콤비에게 유타카는 말을 건다.

웃음 없는 훌라 댄스가 얼마나 무력한지를 깨달은 뒤로 유타카는 스스로도 있는 힘을 다해 웃으려 마음을 쓰고 있었다.

최고의 웃음으로 춤을 추면 그 비참했던 무대에서도 멀어질 수 있을 것 같았다.

시오리 또한 그날 받은 충격에서 안간힘을 다해 벗어나려 하고 있는 모양이었다.

무엇보다 시오리에게는 대회를 앞두고 오테아의 안무와 포메이션을 처음부터 만들어 내야만 한다는 엄청난 과제가 있었다.

개별 연습 후에 합동 연습까지 끝나면 2학년 전원이 시청각실에 남아 모토코가 설정해 둔 스카이프를 통해 고문인 기하라 유이 선생과 상담하며 오테아의 안무를 고민하는 날이 이어지고 있다.

특히 시오리가 이번 대회에서 신경 쓰는 것은 남녀 혼성이 아니면 할 수 없는 부분이었다.

남자가 허벅지 혹은 어깨 위에 여자를 올려놓고 포즈를 취한다는 안이 올라와 있다. 멤버가 많은 도쿄나 예술계 학교에서는 좌우대칭으로 흐르는 듯한 포메이션을 무기로 삼지만 남녀 혼성인 우리들은 가로가 아니라 세로 움직임을 더해서 승부를 겨루겠다는 것이 시오리의 생각이었다.

잘만 된다면 상당히 큰 임팩트를 만들어 낼 수 있을 것이다.

자 어서 춤을 추자 오늘 하룻밤 오늘 하룻밤……

곡이 끝나고 유타카 일행은 다시 앞줄에 섰다.

가벼운 곡이지만 춤이 끝났을 때는 모두 땀범벅이었다.

창을 모조리 열어젖혔지만 바람 한 점 들어오지 않는다.

"휴식, 휴식."

유타카가 소리치자 모두 바닥에 널브러졌다.

"아아, 이 바닥의 차가움이 너무 좋아."

"넌 고양이냐?"

바닥에 납작 엎드려 있는 오키히코를 놀리고 있는데 시청각실 뒤쪽 문이 열리더니 유나가 얼굴을 내밀었다.

"유즈키 선배!"

그 순간, 엎드려 있던 오키히코가 벌떡 일어났다.

여자들도 휴식 시간인지 모르지만 유나는 원래 남녀가 따로 하는 따분한 기초 연습에는 적극적이지 않았다. 그 대신 뭐든 핑계를 만들어 오키히코에게 접근하려 들었다.

"오늘 역까지 같이 가실래요? 아, 그리고 저 보고 싶은 영화가 있거든요."

"아, 그래도…… 우리는 오테아 안무를 짜야 하니까."

"그런 건 회장한테 맡겨 두면 되잖아요. 어차피 그 사람 뭐든지 혼자서 정하니까."

오키히코와 짝이 되지 못한 원한이 깊은 모양이다.

"그, 그런 건 아니지. 우리도 함께 생각하고 있어. 그렇지? 유타카……."

"뭐, 그런 거지."

명백히 구원의 손길을 바라는 눈길이었지만 유타카는 그저 잠간 어깨를 으쓱해 보였다.

오키히코는 멀리서 둘러싸이는 것엔 익숙했지만, 묘하게 자신감이 넘치는 여자애가 밀어붙이며 들이대는 것엔 의외로 약했다.

숙녀분이 어쩌고, 에스코트가 저쩌고, 여자라면 익숙하다는 듯 잔뜩 젠체한 주제에. 어이없는 허세였다.

"자, 우리는 슬슬 사와다들이랑 합류하자."

"옙."

"예."

유타카가 일어서자 바로 다이가와 겐이치도 일어섰다.

"아, 나도."

서둘러 도망치려는 오키히코를 유나가 제압한다.

"유즈키 선배는 괜찮아요. 스텝이 제일 좋잖아요."

새파랗게 질린 오키히코를 내버려 두고 유타카는 복도로 얼른 나왔다.

꼴좋다, 주히코.

자의식 과잉인 여자애의 먹이가 되어 주렴.

항상 여유만만 거칠 것 없던 오키히코가 낭패한 표정을 보이는 것은 솔직히 좀 재미있다.

복도를 걷다 보면 여기저기서 매미들의 합창이 들려온다.

창밖에 떠 있는 새하얀 뭉게구름.

무성해져 가는 초목이 푸른 향내를 내뿜으며 한여름이 오고 있음을 알린다.

하지만 유타카는 아직 전혀 모르고 있었다.

반쯤 재미 삼아 보고 있던 오키히코의 수난이 여자들 사이에선 작은 충돌을 만들어 낼 수도 있다는 것을.

커다란 뭉게구름 속에 푸른 하늘을 찢어 놓을 번개를 만드는 플라스마가 숨어 있다는 사실을.

10. 균열

〰️〰️〰️

"저, 배치를 바꿔 주셨으면 좋겠는데요."

그건 8월 들어 곧 일어난 일이다.

가까스로 오테아 안무가 세부까지 정해져 합동 연습에 들어가기 직전, 느닷없이 원래부터 있던 1학년 하나가 손을 들었다.

"저하고 아사이 파트를 바꿔 주셨으면 해요."

살짝 통통하고 수수한 1학년 여학생은 작지만 단호하게 말했다.

남자들과 서야 할 위치를 확인하던 유타카는 자기도 모르게 돌아보았다.

시청각실 안이 조용해졌다.

모두의 시선이 마야와 함께 의상 정리를 하고 있던 시오리에게

쏠렸다.

"……왜?"

잠깐 침묵하고 나서 시오리가 겨우 입을 열었다.

"그건…….."

통통한 아이가 말을 멈춘다.

오테아에서는 앞줄에 서는 여자들이 솔로 파트를 추고 뒷줄 여자들은 남자에게 올라타기로 되어 있었다. 남자들의 허벅지나 어깨에 올라가는 것뿐이니 댄스의 우열은 관계없으리라고 판단했다. 남자들 네 명이 들어 올릴 사람은 모두 원래 있던 1학년 멤버로 정했다.

배치를 바꿔 달라고 하는 사람은 오키히코의 어깨에 올라가기로 되어 있던 여자아이다. 시오리에게 그 배치를 처음 들었을 때는 복권이라도 당첨된 듯 기뻐했었다.

그런데 이제 와서 뜬금없이 이상한 소리를 하는 것이다.

"아사이는 2학년들이랑 같이 앞줄에서 해 줬으면 싶은데."

"그래도 저, 무거우니까."

시오리의 말을 덮듯이 1학년 여자아이 목소리가 높아진다.

"게다가 저는 유즈키 선배랑 어울리지도 않아요. 저에게 앞줄이 무리라면 그것도 마카베하고 바꿀게요. 그러니까 유즈키 선배랑 짝이 되는 건 아사이로 해 주세요."

누구와도 시선이 마주치지 않도록 바닥을 보며 1학년 여학생은 재빨리 그렇게 말했다.

시청각실 뒤쪽에서는 유나 등 신규 멤버들이 전혀 모르는 일인 양 수다를 떨고 있었다. 하지만 1학년 기존 멤버와 새 멤버 사이에서 뭔가 충돌이 있었다는 것은 누가 보아도 명백했다.

"하지만……."

"어쨌든 그렇게 해 달라고요."

말을 꺼내는 시오리를 1학년 아이는 다시 한번 강한 어조로 막았다. 남은 세 명의 기존 멤버는 방 한쪽에 모여서 걱정스럽다는 듯이 두 사람을 지켜보고 있다.

시청각실 안에 어색한 침묵이 흘렀다.

"본인이 그렇게 희망한다면 바꿔 주면 될 것 아니에요!"

유나 패거리 중 하나가 들으라는 듯 소리를 높인다. 정작 유나는 어디까지나 무관심을 가장할 작정인지 엉뚱한 곳을 보고 있다.

유타카는 가볍게 눈을 감았다.

어차피 저 자의식 범벅 여자애가 다른 애들과 패를 지어 수수한 1학년 여학생들에게 압력을 가한 것이 틀림없다.

야단을 쳐 주면 좋을 것을 시오리는 웬일인지 곤혹스럽다는 듯이 주위를 둘러보더니 결국은 입을 다물어 버렸다.

유타카가 입을 열려던 그때,

"적당히 해!"

돌연 등 뒤에서 큰 소리가 났다.

놀라서 돌아보니, 벽에 기대서 있던 모토코가 주먹을 꽉 쥐고 있다. 하지만 모토코는 유나 패거리를 향해서 화를 낸 게 아니었다.

모토코는 성큼성큼 시오리에게 다가가더니 의상을 늘어놓은 테이블을 힘껏 손으로 내리쳤다.

팡! 하고 큰 소리가 주변을 울린다.

"시오리, 도대체 왜 그러는 거야?"

미간에 깊은 주름을 잡고 모토코가 소리쳤다.

"어째서 이런 애송이 1학년들이 제멋대로 굴게 그냥 두는 거야? 이전의 너 같으면 이런 짓 절대 용서하지 않았을 거야!"

평소에 냉정한 모토코가 너무나 다른 모습을 보여 모두 어리둥절했다.

아무 말도 못하고 있는 시오리에게 모토코는 점점 더 짜증이 난다는 듯 얼굴을 찡그린다.

"대체 언제부터 그렇게 약해 빠진 건데? 지금까진 뭐든지 억지로 밀어붙여 왔잖아. 그랬으면 끝까지 그렇게 밀고 나가라고!"

"그, 그렇지만."

시오리가 가까스로 가늘게 떨리는 입술을 연다.

"가설 주택 때도 너는 처음에 반대했었는데 내가 멋대로 정해 버려서……."

"그건 스폰서 때문이라고 했잖아. 그 덕분에 근사한 의상이 생겼고, 나 역시 마지막엔 납득했으니까 그런 소리 이제 와서 끄집어

내지 마."

"그렇지만 어쨌든 결국 그때 위문도 뭣도 아니었잖아. 위문은커녕 가설 주택 사람들을 상처 입혔고……."

역시 시오리는 그때 일에서 벗어나지 못하고 있었다.

그건 그럴 만하다고 생각한다.

홀라 댄스 따위가 뭐라고!

노인이 일갈했을 때, 유타카조차 주저앉을 뻔했다.

"또 그 소리?"

하지만 그 장면을 보지 못한 모토코는 불쾌하다는 듯이 미간을 찡그렸다.

"그걸 언제까지 끌고 갈 거야? 가설 주택 사람들이 어중간한 자원봉사나 감동 스토리를 만들고 싶어하는 언론에 신물이 났다는 거야 그리 새삼스러운 일도 아니야. 게다가 그런 일로 가설 주택 사람들은 상처받고 하지 않으니까, 이상한 책임감 느끼지 말라고."

계속해서 머뭇머뭇하고 있는 시오리에게 모토코가 따지고 있던 그때.

아하하하하…….

뜬금없는 웃음소리가 울렸다.

유나 일행과 좀 떨어진 곳에 있던 하마코가 어이없다는 듯 웃고 있었다.

"뭐, 그런 건 가설에서 '흔해 빠진' 일이니까요."

하마코가 김빠진 음성으로 말했다.

"처음 얼마간은 누군가 찾아오거나 이벤트가 있거나 하면 나름 기분 전환도 되지만 가설 주택 생활이 길어지다 보면, 그냥 좀 내버려 둬라 하는 기분이 들기도 하고. 뭐, 우리도 그랬었잖아요?"

모토코를 향해 그렇게 말하더니 하마코는 "아." 하고 한 손으로 입을 가렸다.

모두의 시선을 받으며 하마코는 어색하다는 듯이 눈 둘 바를 모른다.

유타카는 무심결에 하마코와 모토코를 번갈아 바라보았다.

"말해 버린, 건가?"

입을 막은 채 하마코가 중얼거렸다.

"……뭐, 됐네."

마침내 모토코가 어깨로 커다랗게 한숨을 내쉰다.

"이상한 동정 따위를 받는 건 질색이었지만 굳이 어떻게든 감추겠다는 건 아니었으니까."

완전히 달라진 표정으로 모토코는 유타카를 포함한 모두를 둘러보며 확실히 말했다.

"우리 집, 원래 제1 원전 바로 옆이었거든."

유타카 옆에 있던 겐이치의 어깨가 움찔했다.

후쿠시마 제1 원자력 발전소에 가까운 지역은 대부분이 귀환 곤란 구역으로 지정되었고 일부는 거주 제한 구역과 피난 지시 해제

준비 구역이 되어 있었다. 제한 구역과 준비 구역은 제염 계획이 진행되고 있지만 정말 주민들이 귀환할 수나 있을지, 정식 복구 계획은 서 있지 않다.

그건 무리야.

가설 주택 사람들이 힘을 내도록 춤을 추고 싶다며 인터뷰에 대답하는 시오리에게 모토코가 차갑게 내뱉던 음성이 되살아난다.

그때 모토코는 유타카더러 가설 주택 사람들은 훌라 댄스 같은 거 보러 오지 않는다고 말했다.

그건 분명, 체험에서 나온 예측이었을 것이다.

"뭐, 우리 집이야 꽤나 일찍 아다로 이사해 왔지만. 그것도 배상금으로 집을 샀다는 둥 하는 소릴 들었고. 그래서…… 별로 말하고 싶지 않았던 거야……."

보기 드물게 우물거린 후, 모토코는 하마코를 향해 돌아섰다.

"하마짱, 신경 쓰게 해서 정말 미안해. 처음에 그런 태도를 취하다 보니 뭐랄까, 다시 바꿀 수가 없어서."

"아니에요. 괜찮아요, 괜찮아."

고개를 숙이는 모토코의 얼굴 앞에 하마코는 손을 흔든다.

"뭐, 우리 집은 아직도 가설 주택에서 사니까 용감무쌍 떠들고 다니지만 집 사서 이쪽으로 옮겨 온 사람은 피난 구역에서 왔다고 말하고 싶지 않겠죠. 배상금이니 뭐니 이러쿵저러쿵하는 걸 듣고 싶지 않은 심정이야 잘 알아요. 우리는 할머니, 할아버지가 있어서 아버지 같은 경우에는 피난 해제만 나오면 돌아갈 마음이 굴뚝같지만."

두 사람은 한때 같은 가설 주택에 살았던 적이 있는 모양이었다.

하마코는 휙 돌아서더니 시오리를 보았다.

"가설 주택 사람들도 엄청 지쳐 있으니까 자원봉사자에게 대들기도 하지만, 사실 진심은 아니고 신경 쓸 것 없어요. 그보다 더 힘든 일은 얼마든지 있고요. 우리 아버지, 일시 귀가로 가끔 집에 돌아가곤 하는데 뭐랄까, 온 마을에 멧돼지투성인가 보더라고요."

하마코는 또다시 아하하 하고 소리 높이 웃었다.

"강도 다음은 멧돼지라니, 기가 차죠? 사람이 없어지면 그놈들 그냥 산에서 내려오나 봐요. 뭐라더라, 내 방에는 지금 흰코사향고양이 같은 게 살고 있나 봐요."

이야기 내용은 심각하지만 하마코는 정말 웃긴다는 듯이 포복절도하고 있다.

"흰코사향고양이라니까요, 흰코사향고양이. 뭐야, 그게. 진짜 끝내준다니까!"

아니, 끝내줄 것까지야. 보통은.

호쾌하게 웃는 하마코에게 유타카는 뭐랄까, 압도당하고 말았다.

배치를 바꿔 달라던 1학년 여학생도 유나와 그 패거리들도 완전히 얼이 빠져 있었다.

"미, 미안합니다……!"

갑자기 가느다랗지만 필사적인 목소리가 들렸다.

"저, 저희 아버지는 전력 회사 직원이에요."

모토코와 하마코를 향해 겐이치가 무릎에 턱이 닿을 정도로 깊숙이 고개를 숙이고 있었다.

"자…… 잠깐, 그러지 마."

모토코가 당황하며 손을 내밀어 말린다.

"우스바네 아버지가 사고를 낸 것도 아니니까 사과 같은 거 하지 마."

"애당초 너한테 사과를 받는 것도 이상하지."

하마코도 담담하게 말한다.

유타카는 어떤 말도 할 수 없었다.

겐이치 아버지가 근무하는 전력 회사는 사고 전엔 공업고등학교에 다니는 사람 누구나 동경하던 대기업이다. 많은 학생들이 그 파란 제복으로 몸을 감싸는 꿈을 꾸고 있었을 것이다.

절대로 안전합니다.

그 말에 배신당한 것은 분명 피해를 본 사람만이 아니다.

오키히코도 다이가도 안타깝다는 듯 겐이치를 지켜보았다.

"미안……!"

그때, 느닷없이 시오리가 테이블에 양 주먹을 내리쳤다.

모두 깜짝 놀라 시오리를 본다.

"정말, 미안."

가냘픈 어깨를 떨면서 시오리는 고개를 떨구고 있었다.

"가설 주택에 갔을 때, 안제나 우스바나 분명 엄청 괴로웠을 거야. 끔찍했지? 그런데 난 전혀 눈치도 못 채고. 그러긴커녕, 텔레비전 취재 같은 거에 들떠서……."

시오리가 고개를 든 순간, 유타카는 숨을 죽였다.

시오리는 울고 있었다.

눈을 깜박일 때마다 커다란 눈에서 눈물이 툭툭 테이블로 떨어진다.

"……난, 지금까지 정말이지, 내 생각밖에 못 했어……."

하늘에서 한여름 햇볕이 쏟아져 내리고, 요란스럽게 매미들이 울고 있다.

가만히 있어도 절로 땀이 뿜어져 나오는 폭염 속에 유타카와 아이들은 땀범벅이 되어 오테아 합동 연습을 하고 있었다.

"시, 작!"

모토코의 구령에 무릎을 굽히고 서 있던 유타카 일행의 허벅지 위로 1학년 여학생들이 등 뒤에서 기어오른다. 균형이 잡히자 여자들은 남자들 등에서 손을 떼고 걸터앉는 듯한 모양으로 포즈를 취했다.

완전히 커플 체조 같은 동작이다.

이 정도로 대규모 포메이션이 되면 아무래도 실내에서 연습을 할 수가 없어서 훌라 동아리는 운동부가 사용하지 않는 뒷마당에서 특훈을 이어 가고 있었다.

뒷마당 바로 앞은 해체된 옛 교사가 서 있던 곳으로 지금은 공터다.

출입 금지 표지판이 걸린 펜스 앞에 서 있던 경비원 아저씨가 재미있다는 듯 아이들을 바라보고 있었다.

1학년 여학생을 허벅지 위에 올려놓고 있는 남자들 앞에서 경쾌한 스텝을 밟고 있는 앞줄 댄서 중에 시오리는 없다.

시청각실에서 대화하고 사흘이 지났지만 그날 이후 시오리는 연습에 나오지 않았다. 마야가 연락을 했는데 정말로 몸이 안 좋은 모양이었다.

시오리의 자리만 텅 비어 있는 앞줄을 바라보며 유타카는 마음속으로 한숨을 쉰다.

정말, 미안.

고개를 숙인 채 어깨를 떨고 있던 시오리의 모습이 뇌리를 스친다.

커다란 눈동자에서 눈물이 툭툭 떨어질 때, 가설 주택 방문 이후 가까스로 시오리를 지탱하고 있던 가느다란 심이 결국 톡, 하고 부러지는 소리를 들은 것만 같았다.

지금은 가만히 지켜보는 것 말고 다른 방법은 없는지도 모른다.

올곧게 뻗은 심일수록 꺾여 버렸을 때 입는 상처는 클 것이다.

하지만 홀라걸스 고시엔은 이달 하순으로 다가와 있었다.

어쨌든 시오리가 중심이 되어 짜낸 포메이션을 조금이라도 완벽하게 만들어 두는 것이 지금 우리들에게 가능한 최선책임이 분명하다.

시오리를 대신하여 지휘를 하고 있는 부회장 모토코 역시 그렇게 생각하고 있는 듯했다.

"하아아아아……."

문득 과장스러운 한숨 소리가 귀에 들어온다.

곁에 있던 오키히코가 1학년 여학생을 허벅지에 올린 채 침울한 표정을 짓고 있다.

싸움의 실마리가 자신을 둘러싸고 1학년 여자애들이 벌인 다툼이라는 사실에 뼈저린 책임감을 느끼고 있는 모양이었다.

마츠시타나 다나카 같은 남자들 상대로는 그렇게나 당당하게 정론을 쏟아낼 수 있지만 얼굴을 마주하고 여자애들을 상대하는 오키히코는 의외로 약해 빠졌다.

자신의 잘생김이 싫다, 때론 보자기를 뒤집어쓰고 다니고 싶다, 어제도 말 같지 않은 헛소리를 늘어놓았다.

뭐, 이 녀석 외양을 빼면 꽤나 한심하다만.

아무 생각 없이 그 너머로 눈길을 돌렸다가 유타카는 눈이 휘둥그레졌다.

우울한 오키히코 이상으로 겐이치가 큰일이다.

여학생을 허벅지에 올려놓은 채 허리를 낮추고 앞을 똑바로 보며 균형을 잡는다는 건 유타카에게도 꽤나 버겁다.

일단 제일 체중이 가벼운 여자애와 짝이 되긴 했지만 그래도 겐이치는 이마에 땀을 흘리며 눈을 부릅뜨고 온몸을 바들바들 떠는 게 숨이 끊어지기 직전 같았다.

이래서야 원, 올라가 있는 여자애도 꽤나 무서울 거다.

아니나 다를까, 웃음은커녕 얼굴이 딱딱하게 굳어 있었다.

"그만!"

겨우 모토코의 구령이 떨어진 순간 결국 겐이치가 픽, 하고 쓰러졌다.

여학생이 비명을 지르며 바닥에 나동그라진다.

그런데도 모토코는 중단하려 들지 않는다. 사실 겐이치는 이 자세를 제대로 해낸 적이 없었다. 여기서 중단했다가는 앞으로 나갈 수가 없게 되어 버리는 것이다.

할 때마다 바닥에 내팽개쳐지곤 하는 여자애는 울상을 지으며 겨우 일어섰다.

유타카네도 여학생을 내려놓고 다음 포메이션에 들어간다. 오키히코와 마주 서서 스텝을 밟아 가며 쿵후처럼 주먹을 교차시킨다.

"하아아아아……."

여기서도 오키히코는 여전히 한숨을 쉬고 있다.

"한심한 녀석이네. 그렇게 신경 쓰이면 아사이한테 딱 부러지게 이야기를 해."

숨이 찬 소리로 속삭이자 오키히코는 침울한 얼굴로 고개를 흔들었다.

"숙녀분에게 무례를 범해서는 안 된다고 어릴 때부터 가르침을 받았거든. 너무 고상하게 양육된 것이 기구한 팔자라고나 할까?"

역시 이 녀석은 조만간 손을 좀 봐야 돼.

이럭저럭하는 동안 마지막 클라이맥스까지 왔다.

앞줄 여자들이 화려한 스텝을 밟고 있는 뒤편에서 남자들은 1학년 여학생을 어깨에 올려놓을 준비를 한다.

그리고.

"이이이이이이야아아아아앗!"

마야의 구령을 신호로 여자아이를 어깨에 태운 채 일어서서 전원이 포즈를 잡아야,

"끼야아아아앗!"

……하는데 마야의 힘찬 구령 소리를 덮치듯이 엄청난 비명이 울려 퍼졌다.

"우왁, 위험……!"

자기도 모르게 유타카도 소리를 질렀다.

그렇지 않아도 휘청휘청하던 겐이치가 여자애를 어깨에 태운 채 억지로 일어서려던 순간, 균형을 잃고 그대로 뒤로 넘어져 버린 것이다.

엄청난 소리를 내며 겐이치와 여학생이 함께 뒷머리부터 땅으로 나동그라진다.

"어이, 너희들, 위험하잖아!"

펜스 너머에서 보고 있던 경비원 아저씨까지 보다 못해 말을 걸었다.

"미…… 미안……!"

겐이치는 당황하며 손을 내밀었지만 흙투성이가 된 여자아이는 그 손을 매몰차게 뿌리친다.

"정말 싫어! 아프고 무섭고 위험하고, 이젠 됐어!"

결국 그 아이는 소리를 지르며 울음을 터뜨리고 말았다.

꾹꾹 참아 온 것이리라. 무릎도 팔꿈치도 여기저기 쓸린 상처가 있다. 몇 번이나 내동댕이쳐지고 나동그라지고 했던 후배를 설득한다는 건 더 이상 누구도 할 수 없을 듯했다.

이럴 때,

시오리라면 도대체 어떻게 했을까?

"괜찮아, 어떻게든 된다고."

훌라를 처음 시작했을 때 절망적인 상태였던 자신들의 등을 언제나 그렇게 밀어 주던 시오리의 모습이 설핏 유타카의 뇌리를 스쳐 갔다.

"저어, 여기야말로 배치를 바꾸는 게 낫지 않나요?"

그때 늘쩡거리는 음성이 들렸다.

"우스바 위에 내가 올라갈게요."

하마코가 초연한 표정으로 팔짱을 끼고 있다.

유나 일행은 여전히 마음이 내킬 때만 참가하지만 왠지 하마코만은 요즘 들어 날마다 열심히 연습에 참가하고 있다.

"그, 그래도 하마짱……."

모토코가 곤혹스럽다는 듯 미간을 찡그린다. 까진 팔꿈치를 부여잡고 울고 있는 1학년 아이보다 하마코 쪽이 훨씬 체중은 무거워 보인다.

"괜찮아요. 나라면 내동댕이쳐도 제대로 착지할 수 있고."

하마코는 깔깔대며 웃는다.

"그리고 이런 건 뚝심이거든요. 내가 뚝심으로 해내 보일게요."

자신만만하게 하마코는 가슴을 두드린다.

"이쯤에서 어디 한번 DJ 하마에게 맡겨 주세YO!"

느닷없이 랩을 하듯이 하마코는 "YO! YO!" 하며 두 팔을 가슴 앞에서 교차해 보였다.

진심이냐?

모두 반신반의하며 얼굴을 마주 보았다.

"자아, 잠깐 쉬고 나서 이번엔 우스바랑 하마짱으로 해 볼까?"

모토코의 말에 울고 있던 여학생은 겨우 해방되었다는 듯 어깨에서 힘을 뺐다.

"여유죠, 여유. 안 그러냐, 우스바?"

겐이치의 어깨를 두드려 대며 하마코는 호탕하게 웃어 젖혔다.

맹렬한 햇볕을 쏟아붓던 태양이 기울고 서쪽 하늘이 천천히 오렌지색으로 물들기 시작했다. 연습 후, 유타카는 오키히코와 함께 나무 그늘에 들어가 아이스바를 먹고 있었다.

3월까지 아누에누에 오하나에서 활동하던 3학년이 격려 방문이라며 사이다 맛 아이스바를 사다 준 것이다.

"이제 곧 훌라걸스 고시엔이잖아. 남녀 혼성이라니, 시오리가 좋은 아이디어를 냈네."

지금은 츠쿠바 대학을 목표로 공부에 열중한다는 선배 두 사람은 그렇게 말하며 모두에게 아이스바로 한턱냈다.

시오리의 부재에 관해서는 모토코가 몸이 좋지 않다고 설명했다.

"하지만 애당초 훌라걸스 고시엔 같은 데 남자들이 참가해도 되나? 우린 걸스가 아니잖아?"

유타카가 중얼거리자 오키히코는 "쯧쯧쯧." 하고 혀 차는 소릴 내며 집게손가락을 세웠다.

"유타카는 고루하구먼. 지금은 남자니 여자니 하는 시대가 아니라고. 우선 훌라에도 오테아에도 떡하니 남성 춤이 있잖아. 성별을 초월한 곳에서 보이는 무언가가 있는 거라고."

좀 전까지 완전히 처져 있던 주제에 잘난 척하고 있네.

"넌 우선 아사이라는 벽이나 초월하시지."

"그런 말은 하지 말아 줘, 유타카아아."

"악! 들러붙지 마. 아이스바 떨어뜨려."

살랑거리며 들러붙는 오키히코를 밀어내고 있는데 다이가가 뚜벅뚜벅 다가왔다.

석양을 배경으로 한 몸집이 우람하다. 아무리 봐도 1학년으로는 안 보인다.

"우스바는?"

마지막 한 조각을 이로 베어 물고 나서 말을 건다.

"마카베에게 붙잡혀서 남았습니다."

"아……."

유타카는 오키히코와 얼굴을 마주 보았다.

휴식 후에 겐이치와 하마코가 짝을 이루고 오테아 전체 연습을 했던 걸 떠올린다.

뚝심으로 해 보이겠다고 선언했던 하마코이긴 했으나.

"야, 인마! 제대로 좀 서, 이 콩나물!"

실전에 돌입하자마자 남자가 여자를 들어 올리고 있는 내내, 하마코가 겐이치를 질타했다.

설마, 뚝심이란 이런 건가?

게다가 마지막 목말 태우기에선 역시나 함께 나동그라졌고 땅 위에 내던져진 하마코는 절규했다.

"아야아, 제기랄! 인마, 네가 남자냐아아아앗!"

양아치의 민낯을 보이는 도깨비 같은 모습이었다.

그 문제의 두 사람이 아직도 남아 연습을 하고 있다는 거다.

"괜찮을까, 두 사람."

"괜찮습니다."

유타카가 미간을 찡그리자 다이가는 커다란 몸을 흔들며 나지막이 웃었다.

"그 정도 확실히 말하면 거꾸로 신경 쓸 필요 없어서 겐짱도 편할 겁니다."

그 말에 유타카는 입을 다문다.

다이가 말대로 아마도 겐이치는 무언의 압력을 견디는 게 괴로울 거다. 거주 제한 구역에서 피난해 왔지만, 하마코는 실로 명랑하다.

그것만으로도 어쩌면 겐이치에겐 고마울지도 모른다.

아버지는 우리들 때문에 회사를 그만두지 못하거든요.

가설 주택에서 돌아오던 길, 겐이치는 심각한 표정으로 그렇게 말했다. 겐이치 집에는 나이 차이가 좀 나는 쌍둥이 여동생이 있다고 한다.

원래는 경리 쪽이었던 겐이치 아버지는 사고 후, 갑자기 피난 구역 사람들을 상대하는 교섭 담당으로 전환되었다고 한다.

"……그래도 녀석, 너무 혼자 끙끙대는 거 아냐?"

유타카는 솔직한 생각을 입에 담았다.

사고를 일으켰던 쪽 입장을 상상하기 힘들긴 해도 솔직히 자신이 겐이치였다면 그렇게까지 아버지의 직업 때문에 책임감을 느끼거나 하진 않을 것 같았다.

겐이치의 태도는 지나친 것 아닐까?

"할 수 없어요. 겐짱은 옛날부터 저러니까. 온갖 일들에 책임을 느끼는 타입입니다."

다이가는 엷은 웃음을 떠올린다. 그렇게 여유 있는 태도를 보이니 더더욱 아저씨 같다.

"선배."

다이가는 메고 있던 백팩을 열고 천천히 무언가를 끄집어냈다.

"양갱, 먹을래요?"

양갱 하나를 통째로 불쑥 들이민다.

"……먹을게."

일순 망설였지만 이번엔 그냥 호의를 받아들이기로 했다.

"나도."

오키히코도 끄덕인다.

그러자 다이가는 깔끔하게 양갱 껍질을 벗기더니 동봉된 대나무 꼬치로 적당히 잘라서 내밀었다. 요리사의 아들답게 재빠르고 정중한 솜씨였다.

한입 베어 무니 팥이 품은 자연의 맛이 입 안에 퍼진다. 생각보다 달지 않아 다행이다.

"오랜만에 먹으니 꽤나 맛있는데, 양갱."

유타카가 중얼거렸더니 다이가는 만족스럽다는 듯한 웃음을 지었다.

그리고 한동안 남자 셋이서 묵묵히 양갱을 먹었다. 빨갛게 물들어 가는 하늘을 조그만 박쥐가 불규칙한 궤도로 살랑살랑 날고 있었다.

"나, 4월 1일생이거든요."

불쑥 다이가가 입을 열었다.

"4월 1일생은 '빠른 연생'이잖아요."•

"어어."

유타카도 그런 얘기를 들은 적이 있다.

"초등학교 3학년까지, 진짜 지옥이었어요."

다이가가 절절하게 웅얼거린다.

"나, 어릴 때 몸이 작기도 했고."

"실화냐!"

"정말로?"

약속한 듯이 오키히코와 완전히 동시에 놀라고 말았다.

"나, 미숙아였거든요."

지금의 다이가를 보고는 믿을 수 없는 이야기다.

• 일본은 매년 4월 2일생부터 이듬해 4월 1일생까지 같은 학년에 속한다.

하지만 정말로 초등학교 저학년 시절의 다이가는 병약했던 모양이다. 열 살이 되면서 갑자기 쑥쑥 크더니 튼튼해졌다고, 다이가는 말한다.

"그 무렵부터 유도를 시작했어요. 하지만 열 살까지는 진심 괴로웠어요. 모두들 저보다 한 살 많은 셈이니까요."

어릴 때 한 살 차이는 엄청나다.

한자를 쓰는 것도 구구단을 외우는 것도 50미터 달리기를 하는 것도 다이가는 언제나 학급에서 꼴찌였다고 한다.

"괴롭힘을 당할 때마다 겐짱이 감싸 줬어요."

근처에 살고 있던 5월생 겐이치는 어린 시절의 다이가에겐 그야말로 형 같은 존재였던 모양이다.

그 시절부터 겐이치는 책임감이 강하고 아직 갓난아이였던 쌍둥이 누이동생을 포함해 근처의 어린아이들을 잘 돌보았다고 한다.

"겐짱은 실은 강한 남자입니다. 좀 여위고 목소리가 작긴 하지만."

목소리는 지나치게, 너무 작다 싶다만.

그래도 다이가에게 겐이치는 여전히 의지할 수 있는 형인 거다.

아버지에게만 무거운 짐을 지게 하고 싶지 않다. 자신도 역시 위문 활동을 하고 있는 홀라 동아리에 들어가 조금이라도 사회적 공헌을 하고 싶다. 겐이치가 그렇게 결심했을 때, 다이가는 망설이지 않고 뒤를 따르기로 했다.

겐이치의 아버지 일로 뭐라고 하는 놈이 있다면 이번엔 자신이 겐이치를 지켜 주겠다는 마음도 있었을 것이다.

"겐이치는 분명 괜찮을 거야."

오키히코가 상큼한 미소를 머금었다.

겨우 왕자님 아우라가 돌아온 듯하다.

"그렇고말고."

유타카도 힘주어 맞장구를 친다.

저물어 가는 하늘을 바라보며 먹는 양갱은 달콤하고 살짝 쌉싸름하다.

뚱홀 1학년 콤비가 스스로 홀라 동아리에 들어온 이유를 마침내 알았다.

산 너머로 신선한 달걀노른자 같은 저녁 해가 지고 있다.

어두컴컴한 황혼 속에서야 비로소 보이는 것도 있다. 모든 것을 비추어 내는 태양이라도 날이 저물 때야 비로소 이렇게 그 모습을 맨눈으로 파악할 수 있는 것이다.

그렇게 생각한 순간, 천천히 붉은빛을 더해 가는 저녁 해에 어쩐지 시오리의 우는 얼굴이 겹치는 듯한 느낌이 들었다.

갑자기 바지 주머니에서 진동이 울려 유타카는 정신이 들었다.

휴대 전화를 꺼내 보고 아 참, 했다.

하교하며 시오리 집에 들렀을 마야가 메시지를 보내왔다.

11. 과거

가파른 돌계단을 올라가자 멀리 푸른 바다가 보인다.

숨을 헐떡이며 뒤를 따라오는 마야를 기다리는 동안 유타카는 휴대 전화로 지도를 확인했다. 메일에 있던 주소는 이 근처였다.

"만일 모르겠으면 전화해 달라고 했는데."

"아니, 아마 곧 도착할 거야."

전봇대의 주소 표시와 지도를 비교해 가며 대충 어림잡는다. 분명 이 계단 위에 있는 타일 벽의 아파트다.

"아, 여기까지 올라오면 바다가 보이는구나."

쓰고 있던 모자챙을 올리며 마야가 수평선을 바라본다.

"그래도 여긴 고지대라서 해일이 와도 안심일지도."

"그렇겠네."

바다를 볼 때마다 해일을 떠올릴 수밖에 없는 자신들이 유타카는 어딘가 멀게 느껴졌다.

"바람 좋다."

날아가지 않도록 모자를 눌러 가며 돌계단 위에 선 마야가 까치발을 한다. 조그만 보라색 꽃무늬가 있는 하얀 원피스 자락이 흔들린다.

사복을 입은 마야와 이렇게 둘이서만 걷는 건 처음이었다.

맨드라미가 선명한 심홍색 꽃을 피운 산울타리를 돌아 유타카와 마야는 겨우 찾고 있던 아파트 입구에 다다랐다.

호수를 틀리지 않도록 신중하게 초인종을 누르니 금세 자동문이 열렸다.

현관 앞에 섰을 땐 살짝 긴장했다. 생각해 보니 잘 모르는 어른의 집을 방문하는 것 자체가 별로 경험이 없었다.

문이 열림과 동시에 대나무 풍경이 짜랑 소리를 낸다.

"어서 와."

토실토실 살이 찐 갓난아이를 안고 기하라 유이 선생이 열린 문 너머에서 밝은 얼굴로 자신들을 보고 있었다.

두 사람이 안내받은 곳은 창밖으로 멀리 수평선을 바라보는 거실이었다.

넓진 않지만 목조 가구들이 늘어선 밝은 방이다. 나이테가 보이는 테이블 위에 거베라를 꽂은 유리컵이 놓여 있다.

"편하게 있어. 잠깐 아기 좀 재우고 올게⋯⋯."

아기를 안고 안쪽 방으로 들어가는 선생의 등을 보며 유타카는 마야와 나란히 테이블 앞에 앉았다.

베란다에는 여주 넝쿨이 있고 노란색 꽃 옆에 조그만 여주도 몇 개 열려 있다.

그 너머로 햇살을 받은 손거울 같은 바다가 보인다.

"미안, 같이 오자고 해서."

문득 옆에 앉아 있는 마야가 혼잣말처럼 말했다.

"아니, 괜찮아. 나도 마음에 걸렸으니까."

유타카는 솔직한 마음을 입에 담았다.

어제, 연습이 끝나고 다이가가 준 양갱을 먹고 있는데 마야에게서 메시지가 왔다.

하교하는 길에 시오리네 집에 들렀던 마야는 시오리의 할머니에게서 이번 훌라걸스 고시엔 참가는 아무래도 어렵겠다는 이야기를 들었다고 한다.

"시오리, 할머니랑 둘이서만 살고 있더라고. 나 그런 건 전혀 몰랐어."

나뭇결이 보이는 테이블 위에서 양손을 맞잡고 마야는 조그맣게 한숨을 내쉬었다.

"안제에 관해서도 아무것도 몰랐지만, 시오리와도 그런 이야기를 한 적이 단 한 번도 없었거든."

그건 유타카도 이해한다.

지진을 겪은 뒤로 누군가와 가족이나 출신지에 관해 이야기하는 것을 꺼리게 되었다. 초등학교의 경우, 지진에 관한 이야기 자체를 하지 말라고 지도하는 곳도 있는 모양이었다.

"그렇다고 시오리 부모님이 지진 때문에 돌아가셨다든가, 그런 건 아니래."

안경 속에서 눈을 내리뜨고 마야는 시오리 할머니에게서 들은 이야기를 조금씩 전하기 시작했다.

태어나고 얼마 안 되어 부모가 이혼을 했고 이후 시오리는 혼자 사는 외할머니에게 맡겨져 자랐다고 한다. 도쿄에서 살고 있는 엄마와는 가끔 만나는 모양이지만 아버지와는 교류가 없다.

"할머니는 시오리가 이대로 학교를 그만두어 버리는 것 아닐까 엄청 걱정하시더라고."

"설마……."

말을 꺼내는 유타카를 막듯이 마야는 고개를 옆으로 흔들었다.

"아니, 내가 몇 번이나 문자를 보내도, 집까지 찾아가도, 얼굴도 안 보여 주는걸."

솔직히 유타카는 시오리가 거기까지 가라앉아 있으리라곤 생각지 못했다.

하지만 그와 동시에 눈에 눈물을 가득 담은 시오리가 얼굴을 들었을 때, 올곧게 뻗어 있던 마음의 심이 톡, 하고 소리를 내며 부러지는 느낌이 들었던 것을 기억해 낸다.

"게다가 있잖아. 시오리는 지진 후에도 한동안 학교에 못 갔었대."

심각한 눈길로 지켜보는 바람에 유타카는 말이 막혔다.

마야는 테이블 위에서 손가락 끝이 발개지도록 양손을 꽉 맞잡고 있었다.

"그야, 지진 직후엔 나 역시 한동안 학교 같은 거 가고 싶지 않았지만. 특히 중학교에는 같은 지역 아이들뿐이라서 뭐랄까, 가차 없는 구석이 있으니까."

그 말에 유타카도 당시 일을 어렴풋이 떠올렸다.

지진 때 초등학교 6학년이었던 우리들은 얼마 후 불안정한 상태 그대로 중학생이 되었다. 마을은 혼란스러웠고 초등학교 졸업식을 하지 못한 곳도 많았다.

중학교는 같은 지역 친구들뿐이라서 마음 편한 점도 있었지만, 어른들이 쉬쉬하며 이야기하는 불안이나 편견을 민감하게 받아들여서 전학생을 노골적으로 피하거나 전학해 가는 쪽을 격렬하게 욕하는 학생들도 일부 있었다.

학교 쪽에서 지진에 관해 학생들끼리 이야기하지 말라고 지도한 것은 그런 일이 있었던 탓인지도 모른다.

"그러니까 고등학교에선 서로서로 너무 간섭하지 않는 편이 좋으려나 생각했었는데……."

마야는 말을 멈추고 입술을 살짝 깨물었다.

할머니 말씀으로는 중학교 시절 시오리는 한동안 거의 등교를 하지 않았다고 한다.

특히 1학년 때 등교한 날은 셀 수 있을 정도로 적었다고 한다.

"나는 명랑하고 모두를 확확 끌어가 주는 시오리밖에 몰랐으니까, 아누에누에 오하나 일도 거의 다 맡겨 버렸고."

맞잡았던 손가락을 풀고 마야는 두꺼운 렌즈 속에서 눈을 깜박였다.

"그런데 어쩌면 그런 것이 시오리에게만 부담을 지게 만들었던 건지도 몰라."

"아냐, 그건 모르겠는데."

처음 만났을 때의 시오리를 유타카는 떠올렸다.

"걔는 그냥 자기 하고 싶은 대로 했을 뿐이라고 생각해."

그렇기에 오히려 앞이 막히자마자 뚝, 하고 길이 보이지 않게 되어 버린 것이리라.

시오리는 단순히 깨닫지 못했던 거라고 생각한다. 가설 주택 사람들의 마음도, 모토코의 마음도, 겐이치의 마음도.

하지만 그건 유타카도 마찬가지였다.

유타카 역시 누구의 마음도 눈치채지 못하고 있었다.

그리고 아마 다른 사람 모두가 타인의 마음을 알아차리지 못한다. 알아차리고 싶어도 그럴 수가 없다.

두 사람이 입을 다물자 창밖에서 매미 소리가 울렸다. 씽씽매미나 기름매미 말고도 어느샌가 늦여름 매미인 애매미 소리가 섞여 있다.

창에서 들어오는 바람이 드문드문 처마 끝에 매달린 고풍스러운 풍경을 따랑, 하고 울린다.

"기다리게 해서 미안."

마침내 아이스티를 쟁반에 받쳐 든 기하라 유이 선생이 거실로 돌아왔다.

"저희야말로 죄송합니다. 갑자기 찾아와서."

마야가 의자에서 일어나 고개를 숙인다.

"괜찮아. 선물까지 들고 오고. 같이 먹자, 응?"

선생은 마야가 가져온 롤 케이크를 잘라 접시에 올린다.

"……그래서 시오리가 또 숨어 버린 거야?"

롤 케이크를 내밀며 선생은 살짝 웃음을 띤다.

유타카에겐 도저히 믿기지 않는 지금의 시오리도 유이 선생에겐 어느 정도 예측이 가능했던 듯하다.

선생이 비교적 태연한 덕에 유타카와 마야 모두 긴장했던 어깨에서 힘이 빠진다.

"덥지 않아? 냉방을 싫어해서 꺼두었으니까 못 참겠으면 사양 말고 말해."

유이 선생이 에어컨 리모컨을 테이블 위에 놓는다.

고지대의 방은 기분 좋은 바람이 통해서인지 더위를 타는 유타카에게도 전혀 문제없었다.

아이스티 컵을 기울이며 선생은 일단 마야의 이야기를 들었다. 가설 주택의 노인이 엄하게 타일렀던 데까지 이야기가 이르자 유이 선생도 약간 서글픈 표정이 되었다.

"……그래서 예전에 시오리가 중학교에 안 나가게 되었을 때 등교의 계기를 만들어 준 것이 유이 선생님이셨다고 할머니가 그러시기에……."

숨도 쉬지 않고 이야기하는 마야에게 선생은 온유하게 고개를 끄덕였다.

"그래서 일부러 이렇게 와 준 거구나. 둘 다 착하네."

부드러운 미소에 유타카는 자기도 모르게 시선을 돌렸다.

분명 유이 선생이라면 뭔가 해결책을 만들어 줄지도 모른다.

어제 마야에게 문자로 그런 이야기를 들었을 때, 유타카도 동행하겠다고 동의했다. 어느새 남학생의 리더 격이 되어 버린 것은 좀 어색했지만 여기까지 와서 모르는 척할 순 없었다. 더구나 이번 시오리 건에 관해서는 고문 대리 하나무라 선생에게 상담하느니 기하라 유이 선생과 만나는 편이 현실적일 것 같았다.

그녀와 시오리 사이에 유타카들이 알지 못하는 유대가 있다는 건 명백했으니까.

"나랑 시오리는 말이야, 아다 시내의 하라우에서 처음 만났어."

아이스티 컵을 테이블 위에 놓고 유이 선생은 천천히 이야기를 시작했다.

"하라우라는 건 하와이에서 본격적으로 훌라 댄스를 배운 쿠무…… 선생님이 열고 있는 교실이야. 나는 원래 대학에서 육상을 했었지만 취직하고 나서 전혀 달리지 않았어. 그래서 운동 부족을 해소하려고 친구의 권유로 훌라를 시작해 본 거야. 처음엔 운동 부족이 해소되기나 할까, 하고 얕보았지만, 훌라라는 게 꽤나 힘들잖아?"

유타카도 마야도 크게 고개를 끄덕인다.

훌라 댄스가 이 정도로 운동량이 많을 줄이야, 사실 처음엔 생각지도 못했다.

"이렇게 깊이 있는 거구나, 싶어 깜짝 놀랐지. 그리고 이럭저럭 하는 동안 완전히 빠져 버렸거든. 휴가 때마다 하와이의 하라우까지 다니기도 하고."

시오리가 유이 선생이 있는 하라우를 찾아온 것은 지진이 있었던 해 연말이었다고 한다. 지진 직후 4월에 중학교에 들어갔지만 시오리는 거의 학교에 나가지 못하고 있었다.

그런 손녀를 걱정한 할머니가 처음에는 억지로 끌고 온 모양이었다.

"우리 하라우의 쿠무는 지진 후 등교를 하지 않게 된 아이들을 돕는 자원봉사도 하고 있었으니까 할머니께서 그런 정보를 들으시고 시오리를 데려온 것 같아."

당초 시오리는 다른 등교 거부 학생들과도 어울리지 않고 언제나 외톨이였다고 한다. 댄스 수업에 참가하는 일도 거의 없었다.

"그런데 그 아이, 실은 처음부터 무척 재능이 있었지."

당시를 떠올리는 듯 유이 선생은 눈을 가늘게 떴다.

"훌라 발표회 조금 전에 하라우의 안쪽 방에서 늦게까지 레이를 만든 적이 있었거든."

본격적인 훌라 댄스 레이는 생화를 쓴다.

"레이를 짜는 게 꽤나 어려운 일이야. 식물의 종류라든가 색깔, 하나하나에 의미가 있으니까. 힘들지만 이게 또 한번 빠지면 엄청 재미있는 거야."

유이 선생은 거실 책장에서 레이의 사진을 몇 장 뽑아내서 보여주었다.

"예쁘다⋯⋯."

마야가 홀린 듯이 숨을 내쉬었다.

짙은 녹색 고사리라든가 빛깔이 선명한 남국의 꽃이나 나무 열매를 몇 겹이나 겹쳐 짜 낸 본고장 레이는 정말 근사했다.

"그날도 만들기 시작했더니 멈출 수가 없어서."

유이 선생이 혼자서 기를 쓰고 고사리를 짜고 있는데 아무도 없는 줄 알았던 교실에서 가느다랗게 하와이 음악이 들려왔다.

이상해서 짜고 있던 레이를 한 손에 들고 교실에 가 보니 시오리가 조용히 스텝을 밟고 있더라는 것이다.

"아무도 모르게 정말 조그만 소리로 CD를 틀어 놓고 말이야."

유이 선생이 교실에 들어온 것을 시오리는 눈치채지 못했다.

거울에 비친 자기 모습을 응시하며 열심히 춤을 추고 있었다고 한다.

"그게 말이야, 깜짝 놀랄 만큼 잘하는 거야. 남들이 추는 걸 보고만 있었는데 저 정도로 스텝을 기억하다니, 정말 대단하다 싶더라고."

유타카는 매혹적인 웃음을 띠고 춤추던 시오리를 떠올렸다.

언제나 중심에 서서 모두를 리드하던 시오리는, 나비의 요정처럼 경쾌했다.

"내가 말이야, 그때 자기도 모르게 박수를 쳤지 뭐야."

박수 소리를 들은 시오리는 소스라치게 놀랐다. 단박에 표정이 변하더니 도망치려 했다.

하지만 녹색 고사리와 붉은 레후아 꽃을 함께 짜 넣은 레이를 목에 걸어 주자 시오리는 발길을 멈추었다.

그리고 처음으로 수줍은 듯한 미소를 보였다고 한다.

"하지만 나랑 시오리가 정말 마음을 열게 된 계기가 그것뿐은 아니야."

유이 선생이 일어서더니 거실 안쪽 문을 열었다.

그 너머로 검은 불단이 보인다.

선생의 손짓에 유타카와 마야도 작은 방 안으로 들어섰다. 꽃병에 꽂혀 있는 커다란 연꽃 너머로 온화한 미소를 지은 노부부의 사진이 보인다.

"나, 사실은 결혼하기 전까지 고아였거든."

사진을 손에 들고 유이 선생이 담담하게 말했다.

뭔가 말하려다 마는 유타카에게 선생은 고개를 흔들었다.

"아니, 지진 때문이 아니야. 난 부모님이 40대 중반에 태어났어."

너무 이른 죽음이었는지 모르지만, 그녀가 서른 살이 되었을 때 부모님이 차례로 돌아가셨다.

"그야 물론 슬펐지만 그래도 나에겐 좋은 친구들이 많이 있어서 그다지 고독하진 않았어."

그런데.

지진이 있던 날 밤, 유이 선생은 처음으로 자신의 고독함을 마음 깊은 곳에서 곱씹었다고 한다.

"그때만큼, 가족이 없다는 것을 뼈저리게 느낀 적은 없었지."

어제 일인 양 선생은 쓸쓸하게 눈을 감았다.

친구에게도 직장 동료에게도 의지할 수 없어서 정전이 되어 버린 맨션 안에서 유이 선생은 오직 혼자 부모님의 위패를 끌어안고 떨고 있었다고 한다.

듣고 있던 유타카도 가슴이 아파 왔다.

그날, 유타카의 부모님은 곧장 학교로 달려와 주었다. 데리러 왔던 아버지 어머니의 모습이 그때처럼 믿음직하게 느껴진 적은 없다. 그러고 나서 며칠간, 부모님은 온전히 힘을 합쳐 정전이나 단수, 반복적으로 찾아오는 여진을 견뎌 냈다.

그때만은 가족이라는 끈이 무엇보다도 강했던 것 같다.

"이 이야기를 처음 했을 때 시오리가 깜짝 놀랄 만큼 울더라고."

그때 비로소 유이 선생은 시오리가 모든 기력을 잃을 만큼 자포자기해 버린 이유를 알았다.

시오리는 줄곧 기다리고 있었던 것이다.

날이면 날마다 후쿠시마 사고가 텔레비전으로 보도되고 있으니 도쿄에 있는 엄마가 언젠가 자기를 데리러 오기를. 젊어서 시오리를 낳은 엄마는 형편이 좋을 때면 시오리를 도쿄로 부르곤 했다고 한다. 그럴 때는 디즈니랜드라든가 영화관에도 데려가 주었다.

그러나 결국, 시오리는 언제나 할머니에게 돌려보내졌다.

그런데도 시오리는 기다리고 있었다.

후쿠시마에서 커다란 사고가 일어났으니 더더욱 엄마가 자기를 만나러 와 줄 것이라고 믿고 줄곧 기다렸다.

하지만 그 소망은 결국 이루어지지 않았다.

"시오리에겐 할머니가 계셨지만 아직 열세 살이었던 아이에겐 그것만으론 부족했지."

엄마는 제멋대로다.

나도 할머니도 전혀 걱정하고 있지 않아.

엄마는 언제나 자기 생각밖에 하지 않아!

온몸을 부들부들 떨면서 시오리는 울부짖었다고 한다.

둘 다 칠흑 같은 지진 날 밤에 고독을 곱씹고 있던 사람들이었으니까 그렇게나 솔직하게 자기 심정을 털어놓아 준 거라고 생각해,라고 선생은 말했다.

"그래서 말이야. 난 시오리를 위해 아누에누에 오하나를 만들기로 한 거야."

유이 선생은 유타카와 마야를 똑바로 바라보았다.

근무처인 고등학교에 훌라 동아리를 만들겠다, 그러니 열심히 공부해서 들어오라고 격려했다.

"사실 뭐든지 괜찮았지. 그냥 시오리가 한 번 더 학교에 다닐 기력을 되찾기를 원했어."

그런데 유이 선생이 생각했던 것 이상으로 시오리는 그 격려를 자신을 지탱할 힘으로 삼았다.

그날부터 유이 선생이 근무하는 고등학교에 입학하기 위해 시오리는 열심히 공부하기 시작했다. 물론 학교에도 매일 나가게 되었다.

그리고 그로부터 이 년 후, 시오리는 정말 우수한 성적으로 아다 공업고등학교에 입학했다.

아누에누에 오하나라는 건 하와이 말로 '무지개 패밀리'라는 의미. 참고로 하와이 말의 패밀리는 혈연과는 상관이 없어, 요컨대 가족 같은 친구라는 거지.

시청각실에 처음 발을 들여놓았을 때 시오리가 했던 말이 되살아난다.

나한테 맡겨 두고 선생님은 안심하고 자기 가족이나 만들라고요.

유이 선생님이 복귀하기 전에 아누에누에 오하나를 훨씬 더 키워 놓고 싶거든!

시오리가 입에 담았던 말 한마디 한마디의 참다운 의미가 이해되면서 유타카는 입을 꽉 다물었다.
옆에 있던 마야 역시 꼼짝 않고 고개를 숙인 채 선생의 말을 듣고 있었다.
"괜찮아."
유이 선생이 마야의 어깨에 손을 얹는다.
"고문으로서 내가 시오리랑 이야기해 볼게."
얼굴을 든 아이들에게 유이 선생은 아주 조금 쓸쓸한 웃음을 지었다.

"게다가 이번에 시오리가 지나치게 열심히 한 건 분명 내 탓이라고 생각해."

그 순간, 유타카 안에서 작은 위화감이 꿈틀댔다.

엄마는 언제나 자기 생각밖에 하지 않아!

온몸을 비틀듯이 떨며 엄마를 비난했다는 중학생 시절의 시오리와 망연한 표정으로 커다란 눈동자에서 눈물을 떨구던 시오리의 모습이 어딘가 멀리에서 겹쳤다.

난, 지금까지 정말이지, 내 생각밖에 못 했어…….

시오리가 상처 입은 진짜 이유는 분명…….

"선생님, 잠깐만 기다려 주세요."

이날, 유이 선생을 향해 처음으로 유타카가 제대로 입을 열었다.

12. 저마다의 생각

찌는 듯한 오후였다.

실내에 있어도 선명하게 매미 울음소리가 들린다. 이제 매미소
리 가운데 가장 우세한 것은 씽씽매미도 기름매미도 아니고 애매
미인가 보다.

그날 모토코의 소집으로 훌라 동아리 전원이 시청각실로 모였다.

고문 대리 하나무라 선생에게 시오리가 정식으로 훌라걸스 고
시엔 불참가 통지를 보냈다. 이유는 건강상의 문제.

모토코 앞으로도 자신을 뺀 포메이션을 자세히 기록한 메일이
왔다고 한다.

마침내 온 건가 싶어 유타카는 모토코 곁에 서 있는 마야를 보

왔다.

마야는 두꺼운 안경 속 눈을 침울하게 내리뜨고 있다. 마야에게도 어젯밤, 시오리 본인이 불참을 미안해하는 메일을 보낸 모양이다.

"그래서."

모토코는 팔짱을 끼고, 전원의 얼굴을 둘러보았다.

"오늘 모두에게 묻고 싶은 건 홀라걸스 고시엔 참가를 어떻게 할 것인가 하는 건데."

지금까지 아누에누에 오하나를 이끌어 온 건 시오리다. 그런 시오리를 빼고 대회에 출전할 것인가 혹은 대회 참가 그 자체를 취소할 것인가, 그것을 이 자리에서 결정하고 싶다는 것이다.

홀라걸스 고시엔은 일주일 후로 다가와 있었다.

"회장이 빠지면 센터 자리는 어떻게 하는 건가요오?"

시청각실 뒤쪽에 모여 있는 유나 패거리 쪽에서 음성이 들린다. 책상 위에 앉아 있는 유나 패거리는 모토코가 설명을 하는 동안에도 줄곧 작은 소리로 잡담을 하고 있었다.

"우선 그 부분이지. 어차피 나갈 거면 이기고 싶고."

"진심으로 우승을 노릴 건가 아닌가에도 달린 문제고!"

잡담의 연장인 듯한 말투로 유나 패거리가 멋대로 떠들어 댄다.

"우승을 노린다면 유나가 센터로 가는 편이 좋지."

패거리 중 하나가 유나에게 말을 건다.

"어? 그래도 선배가 있는데……."

속 보이게 당황한 척하는 유나에게 패거리들이 돌아가며 말한다.

"유나가 훨씬 더 잘 추잖아."

"게다가 센터는 역시 눈에 띄는 사람이 낫고."

잘도 짜 맞춰 두었네, 유타카는 기가 찼다. 어처구니없는 싸구려 연극을 보고 있는 기분이다.

"정말 우승을 노릴 거면 이쯤에서 멤버도 선발하는 편이 낫지 않나요?"

"그렇지! 걸리적거리는 사람도 있으니까."

요란스러운 새 멤버들의 눈총을 받는 기존 멤버 1학년 여학생 네 명은 교실 구석에 옹송그리고 있다.

그렇지 않아도 제멋대로이던 유나 패거리는 회장인 시오리가 빠진 지금, 본격적으로 주도권을 쥐려는 모양이었다.

"오타쿠 주제에 무대 같은 걸 서려고 하면 안 되지, 못생긴 게."

패거리 중 하나가 교실 구석 1학년을 조그만 소리로 위협하기 시작했을 때 모토코의 음성이 거칠어졌다.

"그만두지 못해!"

일순, 시청각실이 고요해진다.

"일단 말해 두지만, 아사이가 센터 할 일은 없으니까."

주위를 둘러보며 모토코는 단호하게 선언했다. 그 순간, 유나가 눈을 똑바로 뜬다.

"어째서요?"

너무나 확실히 부정당하자 내숭을 떨고 있을 여유가 없어진 모양이다. 유나는 본성을 드러낸 험악한 눈초리로 모토코를 노려보았다.

"아사이, 기초 연습에 안 오잖아? 그런 사람에게 센디에 설 권리 같은 게 있을 리 없지."

"그럼, 누가 센터에 서는데요? 안제 선배인가요?"

드러내 놓고 도전적인 유나의 말투에 "저렇게 짧은데?"라고 패거리들이 호응한다.

홀라 댄스 센터에 모토코 같은 짧은 단발은 별로 없다.

"게다가 연습에 안 오는 건 사와다 선배도 마찬가지잖아요? 이번에도 회장이면서 이러는 건 무책임하다고 생각해요."

유나의 바른말에 모토코가 말문이 막혔다.

"애당초, 어째서 회장이 갑자기 안 나오게 된 거죠? 지난번에 다툰 건 선배들이잖아요?"

유나는 아픈 곳을 찔렀다.

다투었던 건 너희들이다, 라고 지적당한 모토코의 입가가 잠깐 움찔했다.

"제멋대로 구는 건 회장도 마찬가지 아닌가요? 그렇다면 어째서 회장은 센터를 해도 되고 나는 안 된다는 거죠?"

기세가 오른 유나는 점점 열을 내어 마침내 모토코를 침묵하게 만들었다.

이대로는 안 돼.

유타카가 입을 열려던 순간 옆에서 키 큰 몸이 움직였다.

"시오리와 네가 마찬가지일 수가 없지!"

참다못한 오키히코가 앞으로 나섰다.

오호라, 마침내 연약남이 할리우드 히어로로 부활하시나? 유타카의 가슴속에서 존 윌리엄스의 음악이 울려 퍼졌다.

"분명 너는 댄스를 잘하는지 모르지만 그 기술이나 지식을 누군가에게 나누어 준 적이 단 한 번이라도 있어? 나는 여기 처음 왔을 때 홀라가 뭔지 전혀 몰랐다고. 그걸 하나하나 정중하게 가르쳐 준 사람이 시오리야."

아니, 그다지 정중한 건 아니었지.

유타카의 눈 속에 DVD 한 장을 들이밀고는 껄껄 웃으며 사라지던 시오리의 뒷모습이 떠올랐다.

"우선, 넌 시오리가 제멋대로라고 하는데 난 그렇게 생각하지 않아. 왜냐하면 시오리는 언제나 가장 못하는 사람을 신경 쓰고 있었거든. 아무리 안무가 뒤처지는 사람이라도 그 사람을 제외하자는 소린 한 번도 한 적이 없어. 그래서 모두 센터인 시오리를 의지하고 있는 거 아냐?"

그건 맞아.

시오리의 댄스는 언제나 모두를 차별하지 않고 이끌어 가는 것이었다.

그렇구나, 그런 거였어.

오키히코의 말에 이번엔 유타카도 눈앞이 밝아지는 것 같았다.

시오리는 제멋대로 구는 것 같지만 실은 그게 아니었다.

시오리의 댄스는 모두를 받아들여 주었다. 누구보다도 훌라를 잘 추는 시오리는, 그 이상으로 누구보다도 너그럽고 참을성이 있었다.

그것은 결코 제멋대로인 태도가 아니다.

그러니 우리들도 여기까지 해 올 수 있었던 것이다.

"네가 연습을 하지 않았던 것과 시오리가 연습에 못 나온 것은 전혀 달라. 시오리가 여기 오지 못한 것은 아누에누에 오하나와 여기 멤버들을 누구보다 소중하게 여기고 있기 때문이라고."

오키히코는 늠름한 소리로 말했다.

"그것도 모르는 네가 시오리를 대체할 수 있을 리가 없잖아. 아누에누에 오하나의 센터는 네가 아니야. 그 정도 분별심은 가지셔야지!"

눈부신 외모의 힘을 유감없이 발휘하여 오키히코가 유나 패거리를 완벽하게 물리친 줄 알았는데.

그런데.

"웃기고 있네!"

얼굴을 든 유나는 흡사 악마와 같은 모습이었다.

"약간 폼 난다 싶어서 이쪽에서 굽히고 들어갔다고 너무 잘난 체 마시지! 도대체 '분별심은 가지셔야지'가 뭐야? 지금이 어느 때라고 그딴 소리를 해? 우웩!"

"정말, 정말, 진심 우웩!"

곧바로 패거리들이 "우웩"의 대합창을 시작했다.

이런 세상에……

유타카는 가볍게 절망했다.

천하의 마츠시타마저 입을 다물게 만들었던 오키히코의 정론 공격은 최첨단 날라리 여고생에겐 통하지 않는 듯.

"나, 훌라 동아리 그만둘게요."

깔끔하게 내뱉고는 유나는 앉아 있던 책상에서 뛰어내렸다. 애당초 노리고 있던 오키히코와 끝장난 이상 아누에누에 오하나에 남을 필요 따위 없어진 것이겠지.

"나도 그만둘게요."

"나도, 나도."

"나 원, 깬다 깨."

패거리들이 너도나도 뒤를 따른다.

유나 패거리가 줄줄이 나가려 하는데 조금 떨어진 곳에 있던 하마코만은 움직이지 않았다.

"간다, 하마!"

유나가 당연하다는 듯 재촉했다.

"아, 난 남으려고."

그때까지 줄곧 잠자코 있던 하마코가 처음으로 입을 열었다.

"뭐?"

그 순간 유나의 눈이 휘둥그레졌다. 패거리들도 발을 멈춘다.

"안 들렸나요? 남는다고 하잖아요……."

하마코가 무섭게 위협하는 음성으로 말했다.

가느다란 눈썹이 한껏 치켜 올라가 있다.

오키히코의 핸섬 정론 공격보다는 하마코의 무섭게 노려보는 눈이 유나 일행에겐 훨씬 더 효과적이었던 듯하다.

"뭐, 뭐야? 피진조*라서 친절하게 대해 줬더니."

약이 올랐는지 한마디 내뱉고는 유나 패거리는 도망치듯이 시청각실을 빠져나갔다.

그들의 발소리가 들리지 않게 되자 모두들 어쩐지 어깨에서 힘이 빠졌다.

"하마짱, 그래도 괜찮겠어? 같은 반이잖아?"

모토코가 걱정스레 말했다.

"아, 괜찮아요. 들으신 대로 쟤들이 나를 끼워 준 건 그냥 '착한 사람 코스프레'였으니까요."

하마코는 실실 웃었다.

---

* 피진조: 지진 피해를 입은 학생들을 일컫는 말.

214

"어쨌든 뭐 저도 지진 덕분에 잘나가는 그룹에 들어가는 건 좀 괜찮은걸, 싫기도 했거든요! 으와, 근데 진짜 실패했어요. 전혀 말도 안 통하고. 오히려 좋은 기회인걸요, 진짜로."

방 한구석에 모여 있던 1학년 네 명이 자연스레 하마코에게 다가간다. 오테아에서 겐이치에게 올라가는 역할을 바꾼 여자애가 멈칫멈칫 하마코에게 다가섰다.

결국 새 멤버 가운데 하마코만이 남았으니 1학년 여학생은 다섯 명이 되었다.

"자, 그럼 다시 한번 결정을 하고 싶은데."

모토코가 다시 이야기를 꺼냈다.

"홀라걸스 고시엔, 모두 나가고 싶어, 나가고 싶지 않아?"

맨 먼저 손을 든 것을 뜻밖에도 겐이치였다.

"우스바."

모토코가 말하자 겐이치는 휘청거리며 일어섰다.

"……다."

힘내서 앞장 선 것치고는 변함없이 뭔 소리를 하는지 알 수 없다.

모토코가 다시 물으려던 그때.

"그러니까 너라는 녀석은 언제나 뭔 소릴 하는지 알 수가 없다니까!"

느닷없이 하마코가 큰 소리로 야단을 쳤다. 모처럼 다가가던 1학년 여학생들이 놀라서 뒷걸음질.

상관하지 않고 하마코는 겐이치 앞에 턱, 버티고 섰다.

"진짜 짜증 나는 녀석이네. 뭔지도 모를 일로 툭하면 굽신굽신 사과를 하지 않나!"

하마코가 턱턱 다가서는 바람에 겐이치는 결국 벽까지 물러섰다.

"있잖냐, 인간은 서로가 뭔 생각을 하는지 모르니까 말이라는 게 있는 거야. 너는 기껏 의견이 있는데 그걸 제대로 전하지 못하면 어떡하냐고!"

유타카는 아, 싫었다.

요 며칠 동안 줄곧 어렴풋이 생각하고 있던 것을 딱 알아맞힌 것 같다.

"선배, 평소에 이 녀석 도대체 뭘 먹어요?"

뜬금없이 하마코가 돌아서는 바람에 유타카는 말문이 막혔다.

"어…… 저기, 겐이치는 언제나 샌드위치야."

"새앤드으위이이치이이?"

겨우 대답한 오키히코에게 하마코는 눈을 부릅떴다.

"그딴 변변찮은 걸 먹으니까 힘이 날 수가 없지. 일본 남자라면 쌀이지, 쌀! 밥이랑 고기를 먹으라고!"

할 수 없군, 하고 중얼거리며 하마코는 자기 가방을 열었다.

그리고 거기서 밀폐 용기를 끄집어내더니 벽에 밀어붙여진 미라처럼 되어 있는 겐이치에게 곧장 들이밀었다.

"받아!"

겐이치의 눈을 보며 하마코는 확실히 말했다.

"내가 손수 만드신 고기말이 주먹밥. 연습 후 간식이었다만 너에게 주노라."

넋이 나간 채로 겐이치가 그걸 받아들자 하마코는 만족스러운 표정이 되었다.

"자, 제대로 의견을 말해."

싱긋 웃더니 하마코는 겐이치의 등짝을 후려쳤다. 그때, 겐이치의 등줄기가 정말로 쫙 펴진 듯했다.

"저는, 나가고 싶습니다."

오오.

모두가 감탄했다.

평소의 겐이치에게선 생각도 못할 만큼 확실한 음성이었다.

"……저, 처음에는 고행할 생각으로 홀라 동아리에 들어왔거든요."

"고행?"

모토코가 의아하다는 듯이 되물었다.

겐이치는 고개를 끄덕였다.

"우리 아버지는 지진 후, 느닷없이 부서가 바뀌어서 피난 구역 사람들을 상대하는 교섭 담당이 되었어요. 그러면서 확 늙어 버렸지요."

"그래서?"

모토코의 말투에 살짝 가시가 돋친다.

"훌라 동아리에 들어오는 거랑 아버지 일이 무슨 관계가 있어?"

"아버지가 교섭을 담당한다면 나는 위문을 다니자 생각했어요."

"왜?"

"……잘 모르겠지만."

겐이치는 힘없이 고개를 흔들었다.

"어쨌든 아버지만 힘들게 하는 건 싫었으니까요. 나도 뭔가 하지 않으면 마음이 불편하다고 할까……."

"그래서 훌라 동아리에 들어와 위문을 다니면 아버지 책임이 가벼워지기라도 한다는 거야?"

모토코의 담담한 질문에 겐이치는 다시 한번 고개를 흔들었다.

"아뇨, 그건 무리였어요. 지난번 가설 주택 방문에서 확실히 알았어요."

다이가가 주먹을 움켜쥐고 겐이치를 보고 있다.

오키히코도 마야도 걱정스럽다는 듯이 두 사람의 대화를 지켜보고 있었다.

"그러면 어째서 우스바는 훌라걸스 고시엔에 나가고 싶은 거야?"

모토코가 팔짱을 끼고 겐이치를 지켜보았다.

"잘하게 되었으니까요."

모두 놀란다.

겐이치는 확실하게 큰 소리로 이어 갔다.

"저는 원래 사람들 앞에 서는 게 힘들어요. 운동도 잘 못 하고 힘도 없고요. 하지만 남자 선배들도 생기고 훌라 아우아나도 타히티춤의 오테아도 일단, 출 수 있게 되었어요."

하마코가 조그만 소리로 "아직 들어 올리기는 못 한다만……." 하고 끼어든다.

"어쨌든 처음에 비하면 엄청 잘하게 되었어요."

겐이치는 지지 않고 잘라 말했다.

"……나도 나가고 싶습니다."

불쑥, 다이가 손을 든다.

"나도 나갈래."

"나도."

네 명의 1학년 여학생들도 차례로 손을 들었다.

"말해 줘서 고마워."

모토코는 겐이치의 어깨에 살짝 손을 얹었다.

그리고 곧장 유타카 쪽을 돌아본다.

"2학년은?"

"물론 나가고 싶어."

오키히코가 손을 들었다.

"마야는?"

모토코가 채근하는데도 한동안 마야는 고개를 들지 않았다.

"……나는 역시 시오리랑 같이 나가고 싶어."

마침내 마야가 기어들어 가는 소리로 속삭였다.

"아누에누에 오하나, 전원이 출전하고 싶어."

마야는 고개를 들고 모두를 둘러보았다.

"그건……."

말을 꺼내다 말고 모토코가 입을 다문다.

뒤에 이어질 말은 '이미 무리'였을지도 모르고, '모두 마찬가지'였을지도 모른다.

분명 좀 더 일찍 이런 이야기를 나누었더라면 좋았을 거다.

아까 오키히코가 한 말이라든가 좀 전의 겐이치의 이야기를 들었더라면 시오리도 그렇게까지 상처를 입지 않았을 것을.

하지만 태양이 내리비치는 동안엔 보이지 않는 것도 있다. 바꾸어 말하자면 자신들은 지금까지 시오리라는 태양에만 지나치게 기대고 있었던 것이다.

"저 말이야."

유타카가 한걸음 앞으로 나섰다.

"나한테 생각이 있긴 한데……."

학교 건물을 나설 때는 이미 해가 기울고 있었다.

교정은 아직 축구부와 야구부가 나누어 쓰고 있다. 트랙을 달리고 있는 것은 육상부와 체조부인가?

오—이, 헤—이!

그리고 옥상에서 내려오는 독특한 구호는 수영부다.

지금쯤 옥상 수영장에서는 개폐식 천창을 열고 장시간 연습을 하고 있을 터였다. 올해는 전국 대회까지 진출한 선수가 있는 걸까?

그런 것들을 유타카는 자기도 놀랄 만큼 담담하게 생각하고 있었다. 거기에 쓴맛 같은 건 전혀 섞여 있지 않았다.

문득 이렇게 교정을 걷고 있다가 느닷없이 시오리가 앞을 막아섰던 일을 떠올린다.

어느샌가 자신은 그때로부터 꽤나 멀리까지 걸어와 버린 모양이다.

"츠지모토."

자전거 거치대까지 왔을 때 뒤에서 자신을 부르는 소리가 들린다.

돌아보니 마야가 숨을 헐떡이며 달려온다.

"버스 정류장까지 같이 가자."

둘이서 기하라 유이 선생 집까지 갔었으면서 새삼스레 낯을 가리는 것도 우습다는 생각이 든다.

유타카가 자전거를 밀며 걷기 시작하자 마야는 바로 그 옆에서 걸음을 내디뎠다. 숨이 막힐 듯한 더위 속에서 풀숲의 풀종다리가 씨르륵하고 가냘픈 소리로 운다.

"우후훗……."

교문을 나서는데 문득 마야가 억누른 듯한 웃음을 흘렸다.

"뭐가 우스워?"

"아니."

어깨까지 내려오는 갈색 머리카락을 살랑이며 마야가 유타카를 올려다본다.

"유이 선생님에게 그렇게 말하더니 이런 거였구나 싶어서."

선생님, 잠깐 기다려 주세요.

고문으로서 시오리를 설득하겠다는 선생을 유타카는 말렸다.

유이 선생은 시오리가 겉도는 것이 자기 탓이라고 했다.

출산 휴가 중 고문 대리 역을 멋들어지게 해내려고 필요 이상 애를 썼던 거라고.

물론 그것도 한 원인일 것이다.

다만 이번 일은 그것 때문만은 아니라고 유타카는 느꼈다.

이것은 유이 선생과 시오리만의 문제가 아니라 우리들 모두의 문제라고 생각한 것이다.

"제대로 될지 어떨지는 몰라."

"응, 그래도 난 엄청 좋은 생각인 것 같아."

마야는 기쁘다는 듯 웃는다.

"역시, 훌라 동아리에 들어와 준 것이 츠지모토라서 다행이야. 츠지모토를 남자 리더로 뽑았던 시오리의 눈이 정확했다니까."

"녀석은 수영부 시절의 내 몸을 노린 거라고 그랬었어."

"응, 하지만 그것만은 아니지."

222

노란색 신호가 깜빡이는 커다란 교차점을 돌아 아다강변길로 나섰다.

백일홍 가로수가 분홍색 꽃을 끝없이 피우고 있었다.

해가 기울어지는데도 꺾이지 않는 더위에 땀을 닦아 가며 자전거를 끌고 있는데 느닷없이 마야가 엉뚱한 소리를 했다.

"우리 말이야, 실은 동쪽 건물 옥상의 태양광 패널 옆에서 언제나 수영부를 훔쳐보고 있었거든."

"뭐어!"

갑자기 멈춰 서는 바람에 자전거가 끼익, 소리를 냈다.

"아, 별로 이상한 의미는 아냐. 오테아를 출 만한, 반라가 어울리는 남자를 찾고 있었어."

충분히 이상한 의미잖아.

하지만 이어서 마야가 하는 말에 유타카는 세게 허를 찔렸다.

"그때 눈치챘거든. 우리 학년 중에서 늦는 사람 머리를 비트 판으로 치거나 뒤처리를 강요하지 않는 건 츠지모토뿐이더라고."

유타카는 문득 맨발로 걷는 수영장 가장자리의 감촉이니 염소 냄새가 떠올랐다.

수영은 싫지 않았다. 다만 기록이 뒤진 사람에게 비트 판을 나르게 하는 분위기만은 질색이었다.

그래서 수영부를 그만둔 것이다.

그렇게 생각한 순간, 다시 이상한 기분이 들었다.

아니, 아냐. 그건 아냐.

더 정확하게 말하면, 그런 짓만 해 대고 있는 마츠시타 쪽으로 모두가 들러붙어 버리는 것이 끔찍했다.

츠지모토는 착한 놈인 척하는 것뿐이야. 이래서는 다음에 오는 후배들에게 본이 안 돼.

강해지기 위해서는 어쩔 수 없어. 츠지모토는 물러 터졌어.

모두가 손들어 주는 건 마츠시타의 말이다.

그럴 때마다 자신의 존재에 가치가 없다고 하는 것 같아서 점점 자신이 없어졌다.

어째서 그쪽으로 몰려가는 거야?

마츠시타가 오자마자 갑자기 서먹서먹해져 버리는 부원의 등을 볼 때마다 목구멍까지 치받아 올라오는 말을 삼켜 버리곤 했다.

"실은 나 마츠시타와 집이 근처라서 초등학교, 중학교가 다 같았거든."

발끝을 내려다보며 마야가 중얼댄다.

버스 정류장에 왔지만 마야는 걸음을 멈추려 하지 않았다. 정류장 앞을 지나쳐서 누가 먼저랄 것도 없이 저절로 바다 쪽으로 발을 향했다.

"나 말이야, 중학교에 막 들어갔을 때, 학교에서도 만날 울고 있었어. 왜, 저번에 이야기했지? 기르던 개가 없어져 버렸다고."

"어어."

"공부를 하다가도 놀다가도 존 생각이 머리에서 사라지질 않는 거야. 끈으로 묶여 있던 존이 저 혼자 도망칠 수 있을 리가 없건만 어째서 구하러 가지 않았던 걸까, 하고 거듭거듭 생각하는 거야."

그렇게 생각하면 교실에서도 교정에서도 어디에 있든 끝없이 눈물이 나왔다.

지진 직후엔 마야처럼 학교에서 갑자기 울음을 터뜨리는 학생도 많아서 모두들 그냥 모른 척해 주었다고 한다.

"그런데 점점 시간이 흐르면서 그런 일에 엄청 화를 내는 사람들이 생기기 시작했어. 특히 내 경우엔 개였으니까 그런 건 가족이나 친구를 잃어버린 사람에 비하면 아무것도 아니라면서 큰 소리로 야단을 치기도 하고."

언제까지나 훌쩍거리지 마.

너 한 사람 때문에 온 학급이 어두워지잖아.

모두가 앞만 보고 나가려 하고 있을 때 발목을 잡지 말라고.

마야는 온갖 소리를 다 들은 모양이었다.

"그런 말이라는 게 다 옳은 소리니까 누군가 말하기 시작하면 갑자기 모두 따라 하게 되고 정신이 들고 보면 엄청나게 커다란 목소리가 되어 있는 거야. 그러면 그때까지 잠자코 보고 있던 애들까지 와아 하고 그쪽으로 몰려가 버리는 거지."

제방 곁까지 오자 바닷바람이 불어온다.

마야의 머리카락이 나부끼고 하복 치맛자락이 흔들린다.

"나 말이야, 고등학교까지 마츠시타와 같은 반이 되어 버려서 정말이지 끔찍했어."

마츠시타는 중학교 때 학급에서도 유별나게 큰 소리로 마야를 나무라던 그룹에 속해 있었다고 한다.

"아니, 마츠시타네는 침수도 없었거든. 그런데 그런 말을 하다니, 무슨 소릴 하는 거야 싶었어. 피해를 당한 쪽이 잘난 거냐고 따지고 들기도 했으니까."

마야가 교실에서 그렇게까지 위축되어 있었던 이유를 비로소 알 것 같았다.

"그런데."

마야가 두꺼운 렌즈 안에서 유타카를 올려다본다.

"초등학교 때 마츠시타는 지금하곤 전혀 달랐거든. 뭐랄까, 언제나 흠칫흠칫 겁먹은 듯하고 전혀 눈에 띄지 않았었어."

"흐음……."

흠칫흠칫하는 마츠시타.

유타카에겐 도저히 상상도 되지 않았다.

"그래서 나에겐 마츠시타가 항상 큰 소리로 떠들 수 있는 뭔가를 필사적으로 찾고 있는 것처럼 보여."

유타카는 놀라서 마야를 본다.

"아마, 그렇게 하지 않으면 불안한가 봐, 마츠시타는."

마야는 뜻밖에도 엄격한 눈길로 인적 없는 회색 바다를 바라보고 있었다.

"자신의 언어로는 말하지 못하는 마츠시타가 우리 반의 중심이라니, 나는 믿을 수가 없어."

바닷바람에 나부끼는 머리카락을 바로잡으며 마야가 뒤를 돌아본다.

"그러니 마츠시타는 줄곧 츠지모토를 두려워했을 거라고 생각해."

유타카는 입을 딱 벌렸다.

그 녀석이 나를 두려워했다고?

그런 건 지금까지 전혀 생각해 본 적이 없었다.

"진짜 리더가 될 수 있는 건 가장 약한 사람까지 제대로 배려할 수 있는 사람이니까."

마야는 지금까지 본 적이 없는 뜨거운 눈길로 유타카를 보았다.

"기억나? 실습 때 내가 모형을 옮기지 못하고 쩔쩔매고 있었더니 츠지모토가 도와줬잖아……."

물론 잊을 리가 없다.

보다 못해 손을 내민 유타카의 얼굴을 보자마자 마야의 하얀 얼굴이 확, 하고 귀밑까지 붉어졌다.

"실은 있잖아."

마야가 백팩을 열더니 무언가 주섬주섬 찾아냈다.

"츠지모토는 가까이서 보면 우리 존하고 살짝 닮았어."

에……? 엑!

느닷없이 공기 덩어리가 쏟아져 내렸다.

보이지 않는 충격을 받아 가며 유타카는 마야가 내민 카드 지갑에 눈을 떨군다.

"맞지? 약간 닮았잖아."

카드 지갑에 들어 있는 사진에는 꽤나 늠름한 시베리아허스키가 있었다.

"난 그때 우리 존이 도와준 것만 같아서……."

과연…….

그런 이유였나?

복잡한 생각이 가슴을 오갔지만 유타카는 가능한 한 냉정한 판단을 내리려 노력했다.

또 하나, 새로운 사실이 판명되었다.

요컨대 그건, 사랑에 빠진 순간 같은 게 아니었다는 말씀.

"으, 뭐, 뭐랄까…… 영광일세."

가까스로 대답했더니 마야는 생긋 웃었다.

그러고는 카드 지갑을 응시하더니 사랑스럽다는 듯이 사진을 살짝 쓰다듬는다.

"이 사진만이라도 남아 있어서 다행이야……."

기어들어 갈 듯한 조그만 음성으로 마야는 쓸쓸하게 중얼거린다.

사진 위를 오가는 가느다란 손가락을 보고 있으니 유타카의 머릿속에 새로운 생각이 떠올랐다.

마야에게 존은 정말로 가족이나 마찬가지였던 존재였으리라.

"저기."

자전거를 제방 위에 세우고는 유타카는 마야에게 말을 걸었다.

"제대로 슬퍼하는 게 좋을 것 같아."

마야가 놀란 듯이 유타카를 본다.

친구나 가족을 잃어버린 사람에 비하면 기르던 개를 잃어버린 건 아무것도 아니야.

그런 소리를 듣고부터 분명 마야는 참아 왔을 것이다.

언제나 교실에서 힘들게 웅크리고 있었던 것처럼 이를 악물고 줄곧 견디어 왔으리라.

"누가 무슨 소릴 하든 몇 년이 걸리든 하야시가 슬프다면 사양 말고 슬퍼해도 된다고. 자신의 슬픔을 남들과 비교할 이유 따위 없어."

마야는 잠자코 유타카를 바라보았다.

마침내 두꺼운 안경 너머 눈에서 눈물이 차올랐다.

"윽."

조그맣게 목이 막힌 듯한 음성이 나온다.

바람을 타고 갈매기 한 마리가 제방 위를 날고 있다.

그 순간.

"으아아아아아앙……!"

커다란 소리를 내며 마야가 얼굴을 감쌌다.

마야가 들고 있던 백팩이 툭, 발밑으로 떨어진다.

테트라포드가 쌓여 있는 만은 오늘도 물웅덩이 같다.

하지만 세계는 절대 좁지 않다.

이 세상은 우리들의 손으로는 도저히 제어할 수 없을 정도로 크고, 깊은 슬픔과 부조리로 이루어져 있다.

얼굴을 감싸고 우는 마야의 어깨를 유타카는 양손으로 살짝 잡아 주었다.

13. 훌라걸스 고시엔

8월 셋째 주 토요일.

마침내 훌라걸스 고시엔 날이 찾아왔다.

유타카 일행은 고문 대리인 하나무라 선생의 인솔로 전차를 갈아타 가며 후쿠시마에서 최대 면적과 인구를 자랑하는 중심 도시를 찾아갔다.

훌라걸스의 고향으로 유명한 조반 지역은 바다와 산과 온천 덕에 풍요롭고 관광지로도 인기가 있다. 중심 도시의 역에서 십오 분정도 걸으면 도착하는 대회장은 광대한 초록 정원을 지닌 멋들어진 예술문화교류회관이었다.

집합 시각인 9시가 되자 북으로는 아키타에서 남으로는 가고시마까지 전국 25개 학교의 훌라 댄스 팀이 집합했다.

중앙 홀 정면 입구에서 유타카는 자기도 모르게 멈춰 섰다.

경기가 열리는 홀은 3층 발코니식. 이번에 개방하는 1층과 2층만 해도 천 석을 넘는 객석이 있다.

"이게 가득 찬다든가 하는 거야?"

이번이 두 번째 출전인 마야와 모토코를 돌아보니 두 사람은 거의 동시에 끄덕인다. 이렇게 커다란 대회일 줄이야.

그건 그렇다 치고……

역시 훌라걸스 고시엔.

아직 모두 운동복 차림이었지만 보이는 건 모조리 여자들뿐. 엄청 안 어울리는 곳에 와 버린 건 아닐까? 등 뒤의 겐이치와 다이가는 완전히 얼어붙었다.

그때 누군가 어깨를 두드린다.

돌아보니 모르는 남자가 서 있다.

"다행이다, 남자는 나뿐인가 했네."

유타카의 얼굴을 보자 남자는 어깻숨을 내쉰다.

"도립 유미가오카 공업고의 아카가와라고 해."

도쿄에서 온 공업고등학교 학생이었다. 그 얼굴에 진심으로 안도하는 듯한 기색이 어린다.

"실은 선배가 은퇴하는 바람에 지금 우리 팀에 남자라곤 나뿐이거든. 대회장에서도 남자가 아무도 없으면 어떡하지 했어."

그거야 불안했겠지.

"후쿠시마 현립 아다 공업고 츠지모토야."

우연히도 같은 공업고등학교라는 점도 있어 유타카는 아카가와의 손을 꽉 쥐었다.

"그건 그렇고, 엄청나네. 남자가 셋이나 있구나."

"아니, 하나 더 있는데……."

회장을 둘러보니 오키히코가 도호쿠 지역에서 온 여자애들한테 둘러싸여 점잖게 손을 흔들고 있다.

"저기 있는 바보도 우리 팀이지."

"굉장하다. 네 명이라면 오테아 포메이션이라든가 얼마든지 짤 수 있잖아. 부럽네."

아카가와는 진심으로 부러운 얼굴이었다. 물론 그걸 노리고 우리 회장이 남자 넷을 모은 거지.

"게다가 쟤는 엄청난 미남이고."

"껍데기만 그렇지."

마침내 수최 측의 안내로 개회식 리허설이 시작되었다.

홀라걸스 고시엔은 기본적으로 고등학생들이 운영한다. 사회 진행도, 장내 방송도, 회장에서 배포되는 『홀라걸스 타임즈』 편집과 사진 촬영도, 후쿠시마현의 고등학생 스태프들이 다 한다.

1안 리플렉스 카메라를 든 고등전문학교 사진부 학생들이 벌써 리허설 광경을 카메라에 담기 시작했다.

유타카 일행도 아카가와와 헤어져 지정된 자리로 간다.

첫째 날인 오늘은 훌라부. 유타카네 아누에누에 오하나의 순서는 전반 세 번째.

오후 1시 30분경, 무대에 설 예정이다.

무대 자체는 채 오 분이 안 된다. 실제로 시작하고 나면 눈 깜박할 사이다.

그사이에 정말 이 '작전'이 성공할까?

유타카는 개회식의 선수 선서 리허설을 하고 있는 여학생을 바라보았다. 추천으로 뽑힌 후쿠시마 현립 고등학교 여학생이 활달한 음성으로 선서를 하고 있었다.

새삼 주변을 둘러보며 유타카는 한숨을 쉬었다.

이렇게 많은 여자들에게 둘러싸인 건 처음이었다.

역시 어딘가 불편함을 느낄 수밖에 없다.

아주 조금이나마 남자투성이 공업고에 다니는 여자들 기분을 알 것도 같았다.

개회식 리허설 종료 후, 유타카 일행은 바로 대기실로 이동하여 서둘러 옷을 갈아입기 시작했다.

"자, 이 틈에 가볍게 먹어 둬."

마야와 모토코가 전원에게 조그만 주먹밥을 나눠 준다.

개회식 후, 금방 경기에 들어가는 전반 그룹인 유타카네는 지금을 놓치면 점심 먹을 시간이 없다. 남자들은 흰 바지에 알로하셔츠를 입는 것만으로 기본은 끝나지만 여자들은 옷을 갈아입고 나서 정성스럽게 머리를 만지고 메이크업을 해야만 한다.

"남자들은 이쪽에서 제대로 먹어요."

자신만만하게 고기말이 주먹밥을 들이미는 하마코의 얼굴은 평소와 완전히 딴판이다. 눈을 깜빡일 때마다 소리가 날 듯한 속눈썹을 붙이고 아이라인도 확실하게 그렸다.

평소에는 모든 면에서 인상이 지나치게 강한 하마코이지만 무대용 화려한 메이크업을 하고 나니 의외로 딱 어울린다.

"우스바, 특히 너는 잘 먹어 둬라."

겐이치의 어깨를 두드리더니 하마코는 여자들에게 돌아갔다.

마야와 모토코는 1학년 여학생들의 올림머리를 도와주고 있었다. 앞머리와 옆머리를 모두 모아서 춤추는 도중에 머리가 흐트러지지 않도록 한다. 처음 큰 무대에 서는 1학년 네 명은 하나같이 불안한 듯한 눈빛을 하고 있었다.

이번 아누에누에 오하나의 이미지 컬러는 파랑이다.

과제곡인 「달밤엔」의 가사에 맞추어 유타카 등 남자들은 남색 알로하셔츠를, 마야 등 여자들은 레몬색 탱크톱에 엷은 물색에서 진청색으로 그러데이션이 들어간 더블 파우를 두른다.

주름이 잔뜩 들어간 파우 스커트는 싱글로도 충분히 화려하지만 치맛단을 이중으로 한 더블 파우에는 발짓이 한층 화려해 보이게 하는 효과가 있다. 다만 무게 역시 두 배 가까워지니 그것만으로도 스텝을 밟을 때 힘이 필요하다.

훌라 댄스의 화려하고 우아한 움직임은 기실, 치밀한 스텝 연습으로 단련된 근육에 의해 지탱되고 있다.

"SO PRETTY!"

완성되어 가는 1학년 여학생들의 모습을 보자마자 오키히코가 과장된 소리를 질렀다.

"멋지군요, 숙녀분들. 너무나 눈이 부셔 눈을 뜰 수가 없네요."

닭살이 돋을 듯한 대사 탓에 유타카는 하마터면 입 안의 주먹밥을 쏟아 낼 뻔했다.

"응? 유타카, 그렇게 생각하지 않아?"

"너, 정말 용케 그런 소릴 당당하게 입 밖에 낸다?"

아사이 쇼크로 한동안 사라진 듯했던 왕자님 오라는 이미 지나칠 만큼 부활해 버린 모양.

물론 오키히코의 이 한마디로 머리를 손질한 1학년 여자애들은 모두 다 기쁜 듯이 뺨이 발개졌다. 그리고 손을 맞잡고 뭐라고 꺄악꺄악 웃어 가며 이쪽을 보고 있다.

묘한 웃음이 살짝 신경 쓰였지만 후배들의 긴장이 풀린 것이라면 좋은 일이겠지 뭐.

겐이치는 방 한쪽에서 하마코가 주고 간 주먹밥을 소중하게 먹고 있다.

일찌감치 다 해치워 버린 다이가는 그 옆에서 양갱을 통째로 물어뜯고 있었다.

언제나 있는 멤버의 언제나 보는 태도였다.

오직 한 사람이 없다는 것만 빼고.

"어이, 얘들아, 준비된 거야? 시간 됐어."

목에 '인솔'이라는 카드를 건 하나무라 선생이 찾아왔다.

"네!"

"옙!"

모토코와 유타카의 음성이 겹친다.

용서해 주세요, 선생님.

유타카는 마음속으로 하나무라 선생의 둔중한 등짝에 대고 사과했다.

금번 '작전'에 대해 모르는 사람은 이 중에서 선생뿐이었다. 이제부터 자신들이 하려고 하는 일 때문에 어쩌면 하나무라 선생은 주최 측으로부터 책임 추궁을 당할 수도 있다.

하지만 뭐, 이 정도 일에 대처하지 못한다면 '어른'이라 할 수 없을 것이다.

어른이여, 책임을 품으라.

뭐, 나머지는 우리가 어떻게든 할 테니까.

선생을 따라 아이들은 대기실을 나왔다.

널따란 무대 뒤에서 유타카 일행은 앞 조가 추고 있는 멋들어진 댄스를 보고 있었다.

흐르는 듯한 포메이션을 피로하고 있는 것은 도쿄에서 온 서른 명도 넘는 대규모 팀이다. 그 팀이 고른 과제곡은 「마이 스위트 피카케 레이」였다. 과제곡 중에서도 가장 차분하고 어른스러운 분위기가 넘치는 곡이다.

곡의 분위기에 맞추어 전원이 호로무우라 불리는 롱 드레스를 입고 있다. 광택이 있는 로즈핑크 드레스가 여성적인 홀라 아우아나의 안무를 더욱 돋보이게 한다.

조명이 비추는 무대 너머에 어두운 객석이 펼쳐져 있다. 앞줄에는 기록 담당이니 취재진의 소형 카메라가 쫙 늘어섰고 그 뒤로 수많은 관객들의 머리가 보인다.

해마다 이 대회를 기다렸다가 찾아오는 단골들도 많다고 한다.

마침내 파도처럼 부드럽게 무대 위를 이동하던 댄서들이 한 줄로 늘어서서 피날레 포즈를 취했다.

스틸 기타의 여운이 사라지고 객석에서 우레와 같은 박수가 솟아오른다.

박수갈채 속 도쿄 팀이 우아하게 절을 하고 손 키스를 날리며 밑으로 내려간다.

무대가 완전히 어두워졌다.

"다음은 후쿠시마 현립 아다 공업고등학교 여러분입니다. 과제곡, 「달밤엔」.”

방송국 여학생이 부드럽게 소개했다.

깜깜했던 무대가 조명으로 빛난다.

“간다.”

모토코의 속삭임에 전원 힘차게 끄덕인다.

먼저 뒷줄을 맡은 4명의 1학년들이 무대를 밟았다. 발끝을 좍 펴고 앞을 정시하며 등을 곧게 편 채 우아하게 걸어 나갔다.

그리고 하마코를 포함한 2학년 남녀도 뒤를 따른다.

앞줄에 선 남녀가 짝을 지어 포메이션을 만든다.

왼쪽 하마코는 겐이치와, 오른쪽 모토코는 다이가와, 그 옆의 오키히코는 마야와 마주 섰고, 그리고 유타카만은 홀로 중앙에 섰다.

「달밤엔」의 명랑한 전주가 울리기 시작한다.

전원 만면에 웃음을 띠고 리듬에 맞추어 허리를 좌우로 흔든다.

달밤엔 바닷가에 나와 모두 함께 춤추자 야자나무 그늘에서

달콤한 노랫소리가 흐르고 유타카 일행은 춤추기 시작했다.

오키히코들은 짝으로, 유타카만은 외톨이로.

홀은 쥐 죽은 듯 고요하다.

서로 마주 보고 춤추는 오키히코들 곁에서 유타카만이 객석을 향해 홀로 스텝을 밟고 있다.

아마 좀 이상하다고 생각하는 것은 앞줄에 앉아 있는 심사위원들뿐이리라.

훌라를 잘 모르는 사람들이 보면 처음부터 이런 포메이션이라고 생각할지도 모른다.

하지만 이 무대를 보고 격렬한 위화감을 느낄 인물이, 이 세상에 딱 한 사람 있을 것이다.

그렇다.

엄청나게 고민해 가면서 이 남녀 혼성 포메이션을 고안해 낸 본인이다.

어두운 객석을 바라보며 유타카는 손을 내민다.

만약, 어디선가 이 무대를 보고 있다면 어서 나와, 겁쟁이.

주최 측에는 죄송하지만 우리가 지금 여기서 춤추고 있는 이유는 우승하기 위해서가 아니야.

먹장구름 뒤에 숨어 있는 태양을 되찾아 오기 위해서라고.

그 때문에 우리는 온 힘을 다해 춤춘다.

손을 허리에 우쿨렐레에 맞추어 춤추자 훌라를

겐이치가 과제곡 가운데 이 곡을 밀었던 것은 정말이지 운명이라고밖에 할 수 없다.

왜냐하면 「달밤엔」은 춤출 동료를 이끌어 내기 위한 노래이기 때문이다.

어여쁜 레이를 줄게요 함께 춤추는 그대에게

유타카는 객석을 향해 손을 내민다.

꽃으로 만든 화관을 줄게요 춤 잘 추는 그대에게

앞줄에서 추고 있는 전원이 손가락으로 객석을 가리켰다.
만약 이 자리에 그 인물이 오지 않았다면 모든 것은 헛일이다.
그러나 유타카들은 도박에 나섰다.

춤출 사람이 모두 모이면……

한 줄로 늘어서서 전원이 팔짱을 끼고 힘찬 스텝을 밟아 가며,
유타카는 온몸으로 호소한다.
　자아, 어서 나와, 사와다 시오리!
　남녀 혼성 포메이션을 만든 사람은 다른 누구도 아닌, 회장인 너
였잖아.
　이대로 내가 짝 없는 콤바인을 추게 만들 작정이야?
　마야에게 보낸 시오리의 메일을 유타카도 읽었다.

기하라 유이 선생의 아파트를 찾아가 과거 이야기를 들었다고 전한 마야에게 시오리는 이렇게 말했다.

　자신은 결국 자기 생각밖에 하지 않는 엄마와 마찬가지였다고.

　남자들의 가입을 정했을 때도, 스폰서를 구했을 때도, 가설 주택 방문을 정했을 때도, 잘난 척하며 누구의 의견도 들으려 하지 않았다.

　그런 자신의 태도가 누군가를 상처 입히고 있다는 사실을 전혀 깨달으려 들지 않았다.

　그런 자신에게 누군가를 웃게 만드는 훌라를 출 자격은 없다.

　무엇보다 자기 자신이 웃으며 훌라를 출 자신이 없다.

　그러니까 미안, 훌라걸스 고시엔에는 참가할 수 없어.

　눈 속에 비치는 잔뜩 웅크린 시오리에게 유타카는 손을 내민다.

　정말 그래.

　너는 유아독존이고, 위에서 내려다보고, 뜬금없고, 분위기 따위 전혀 읽으려 하지 않는, 제멋대로 여자야.

　하지만 일부러 누군가를 상처 입히려던 건 아니잖아.

　자신이 큰소리를 치겠다고 일부러 누군가를 폄하하거나 윽박지르거나 한 것도 아니지?

　자신이 우위에 서려고 다른 누군가를 상처 입히고도 전혀 신경 쓰지 않는 놈들이 세상엔 얼마든지 있다고.

　그런 놈들에 비하면 이런 식으로 상처 입고 비틀비틀하는 너는 기가 차게 약해 빠졌지만 기가 차게 성실하고 상냥하다고.

게다가 이런 식으로 되어 버린 것이 딱히 너만의 탓도 아니야.

우린 더 많이 이야기를 해야 했어.

괴로운 마음도 서글픈 기분도 변해 버린 마을 이야기도, 어찌할 수 없는 자신의 짜증스러움도 좀 더 솔직하게 이야기했어야 한다고.

괜한 신경을 쓰면서 입을 다물고 있는 것은 배려가 아니라 게으름이야.

왜냐하면 아무리 애써 봤자 타인의 마음은 역시 알 수가 없거든.

약 오르지만 우리는 그 정도로 만능이 아니라고.

아무 말도 하지 않으면서 알아 달라는 건 그냥 응석일 뿐.

그야 이야기를 하려면 힘들고, 나쁜 일도 겪을 거고, 때론 싸울 수도 있겠지.

하지만 그걸 넘어서는 것이 오하나가 아닐까?

나 자신, 줄곧 답답함을 느끼고 있었어.

하지만 거기서 썩어 버릴 것 같았던 나를 여기까지 끌고 와 준 것은 바로 너라고.

그러니 이번엔 내가, 우리가 너를 끄집어내 줄게.

자아.

부탁이니 제발 나와 줘, 시오리!

자 어서 춤을 추자 오늘 이 한밤……

1절이 끝나고 간주에 들어갔다.

좌우로 허리를 흔들어 가며 유타카는 기다렸다.

하지만 관객석에 움직임은 없었다.

어쩌면.

유타카의 마음에 옅은 동요가 일었다.

역시 안 온 건가? 시오리가 남몰래 우리들을 보러 올 거라고 생각한 것은 헛된 바람에 불과했던 걸까? 객석을 향해 내민 손끝에 무언가가 와닿는 기적은 없다.

동요가 낙담으로 변하려던 바로 그때.

옆에서 오키히코와 춤추고 있던 마야가 문득 몸짓을 멈춘다. 콘택트렌즈를 한 눈을 커다랗게 뜨고 무대 끝을 응시하고 있다.

마야의 시선을 따라 눈길을 준 유타카는 일순 우뚝 서 버렸다.

무대 뒤에서 하나무라 선생과 함께 시오리가 얼굴을 내밀고 있었다.

무대에 다가서려는 시오리를 알아챈 하나무라 선생이 유도해 준 모양이다.

잘했어요, 선생님!

자기도 모르게 유타카는 선생을 향해 엄지를 세운다.

이제부터 꼰대라는 둥 하지 않을 거고, 종례의 긴 설교도 끝까지 잘 들을게요!

마야가 있던 자리를 떠나 시오리를 데리러 달려간다.

마야에게 손을 잡혀 티셔츠에 남색 스커트를 입은 사복 차림 시오리가 무대로 나왔을 때, 이번에는 객석에서도 약간의 웅성거림이 일었다.

시오리도 어쩌면 좋을지 모르겠다는 듯이 망연히 유타카를 보고 있다.

달밤이면 바닷가로 나와

노래가 2절로 들어섰다.
유타카는 시오리 맞은편에서 춤추기 시작했다.

모두 함께 춤을 추자 야자나무 그늘 아래

전원이 시오리를 초대하듯이 스텝을 밟았다.

손을 허리에 우쿨렐레에 맞추어 춤을 추자 훌라를

그래도 시오리는 움직이지 못한다.

어여쁜 레이를 드릴게요 함께 춤추는 그대에게

우아하게 춤추며 다가온 모토코가 자신의 레이를 살짝 시오리 목에 걸었다.

시오리가 눈을 크게 뜬다.

그것은 오늘을 위해 기하라 유이 선생이 여자아이들 모두와 함께 만든, 녹색 고사리와 붉은 레후아 꽃을 짜서 만든 레이였다.

화관을 드릴게요 춤 잘 추는 그대에게

이번엔 마야가 자신이 쓰고 있던 플루메리아 화관을 시오리 머리 위에 올려놓는다.

마침내 시오리의 커다란 눈동자에 광채가 돌아왔다.

그 입술에 모든 사람을 매료하는 매혹적인 웃음이 깃든다.

시오리는 유타카 맞은편에 서더니 누구보다 빼어난 스텝을 밟기 시작했다.

경쾌한 나비의 요정이 되살아나고 보이지 않는 날개 가루가 반짝반짝 무대 위를 채워 나간다.

웅성거리던 객석이 다시 쥐 죽은 듯이 고요해졌다.

춤출 사람이 다 모이면……

손가락 끝까지 마음을 담아 시오리가 우아하게 팔을 내민다.

유타카도 그에 맞추어 팔을 커다랗게 벌리고 스텝을 밟는다.

자 어서 춤을 추자 오늘 밤 이 한밤을

스커트를 차 내며 오른쪽 왼쪽으로 힘차게 스텝을 밟아 간다.

시오리를 중심으로 전원이 팔짱을 끼고 딱 맞추어 발동작을 한다. 1학년 여학생도 겐이치도 다이가도 누구 하나 빠지지 않고 마지막까지 각도를 맞추어 스텝을 밟는다.

자 어서 춤을 추자 오늘 밤 이 한밤을

그리고 마지막은 열두 명 전원이 부채처럼 좌우로 늘어서서 피날레를 맞았다.

일순 침묵 후, 짝짝 하고 박수 소리가 나기 시작했다.

아직 약간 당황스러움이 남아 있었지만 박수는 점점 커져 갔다.

전원이 깊이 고개를 숙이고 아래쪽으로 내려갔다.

무대 뒤로 들어간 순간 시오리가 휙 돌아보았다.

"믿을 수가 없어! 어째서 이런 무모한 짓을 한 거야? 홀라걸스 고시엔은 엄청난 대회라고!"

따지고 드는 시오리를 유타카는 "네에, 네에." 하고 흘려 넘긴다.

"네에, 네에, 할 일이 아니라니까! 이래서야 우린 아예 실격이고 무엇보다 보러 와 준 손님들에게 실례잖아!"

"그렇다면 내일 타히티 춤에는 지각하지 마."

유타카가 되받아치자 시오리는 할 말을 잃는다.

"츠지모토의 말이 맞아."

모토코가 뒤에서 시오리의 어깨를 두드린다.

"내일은 좀 더 일찍 와 주지 않으면 부회장인 나로서도 곤란하지."

"안제……."

시오리의 음성이 흐려졌다.

"모두, 미안……."

"됐네요."

말을 꺼내는 시오리를 모토코가 고개를 흔들어 막았다.

모토코 곁에 마야가 선다.

"잘 돌아왔어, 시오리."

두 사람은 목소리를 맞추어 그렇게 말했다.

"기다렸어, 시오리."

"잘 왔어요, 회장."

"시오리 선배, 어서 오세요!"

오키히코와 1학년들이 차례로 말했다.

마침내 시오리의 어깨가 조금씩 떨리기 시작했다.

눈물을 흘리며 시오리는 조그맣지만 확실한 음성으로 말했다.

"……다녀왔습니다."

*

새까만 무대에 발을 내딛는다.

맨발에 무대의 차가운 감촉이 바로 전해진다.

유타카는 오키히코와 함께 무대 중앙에서 한쪽 무릎을 세우고 무릎 앞에 주먹으로 바닥을 짚는다.

왼쪽에선 겐이치가 오른쪽에서는 다이가가 같은 포즈를 취한다.

카앗!

토에레의 첫 울림과 동시에 파악, 무대가 조명을 받았다.

"야앗!"

한 번 외치고 남자들은 무릎을 대고 있던 발을 뒤쪽으로 커다랗게 차올리며 새처럼 양팔을 벌려 뛰어올랐다.

탕탕탕 탕탕타 탕타…….

토에레의 경쾌한 리듬에 맞추어 그들은 양팔을 벌리고 몸을 앞으로 기울인 채 무릎을 격렬하게 열었다 닫는다.

양팔과 무릎 아래쪽과 허리에 두른 녹색 모레가 휙휙 흔들리며 무대 위에 보이지 않는 정글이 만들어진다.

투웅 캇캇캇캇카 투웅 캇캇캇캇카.

리듬이 바뀌면서 중앙의 유타카와 오키히코가 마주 보며 쿵후처럼 주먹을 교차한다.

그 뒤에서는 다이가와 겐이치가 파오티를 하면서 무대를 좌우로 이동한다.

"이야앗!"

다시 기합을 넣으며 한쪽 다리로 무대를 찼다. 한쪽 발로 뛰면서 앞뒤로 비스듬히 다이내믹하게 서로의 위치를 바꾼다.

그러고 나서 다시 오키히코와 함께 앞으로 나와 발레처럼 한쪽 다리를 든 채 회전한다.

한 바퀴, 두 바퀴, 세 바퀴…….

어느새 땀이 솟아나 호흡이 거칠어져 간다.

하지만 격렬한 토에레 리듬에 끌려가듯이 몸이 움직인다.

겐이치도 다이가도 똑바로 앞을 바라보고 땀방울을 흘날리며 빠른 속도로 무릎을 여닫는다.

"키이이이이이이이잉에에아아아아앗!"

높다란 구령과 함께 새빨간 핸드 태슬을 흔들어 가며 선명한 심홍색 모레를 두른 마야네가 물 흐르듯이 무대로 미끄러져 왔다.

유타카네가 만들고 있던 녹색 정글에 돌연 남국의 화려한 새들이 날아든다.

한층 멋들어진 스텝을 밟아 가며 마지막에 등장한 시오리는 홀로 한여름 태양 같은 금색 모레를 두르고 있었다.

250

탕탕탕 탕탕타 탕타…….

토에레의 경쾌한 리듬에 맞추어 허리만 마치 별개의 생물인 양 약동하고 있다. 아무리 격렬하게 허리가 움직여도 상반신은 물에 떠 있는 것처럼 멈춘 채 흔들리지 않는다.

마치 상반신과 하반신이 다른 의사를 지니고 있는 것만 같다.

시오리를 중심으로 여학생들은 호흡을 딱 맞추며 핸드 태슬을 빙글빙글 회전시켰다.

녹색 정글 속을 선명한 극락조와 황금빛 나비가 살랑살랑 날아다닌다.

"키이이야아아아앗!"

마침내 하마코의 대찬 구령이 울리고 한 줄로 춤추던 여학생들이 앞줄과 뒷줄로 나뉘기 시작했다.

유타카 등은 뒤에서 무릎을 굽히고 뒷줄 1학년들을 맞을 준비를 한다.

드디어 들어 올리기다.

양팔을 앞으로 뻗고 몸을 기울여 허벅지를 내놓는다. 등 뒤에서 기어오른 1학년들이 허벅지 위에 오른 순간 다리 안쪽이 찌르듯 아파 온다.

그냥 하기에도 힘든 엉거주춤한 자세에 또 한 사람의 무게가 가해지는 것이다. 힘들지 않을 리가 없다. 하지만 여기서는 이를 악물고 웃음을 머금는다.

"키이아앗!"

겐이치의 머리 위에서 하마코가 새된 소리를 질러 가며 허리를 꿈틀거린다. 얼핏 보니 겐이치는 이마에서 땀을 쏟아 내면서도 필사적으로 견디고 있었다. 굳어 있긴 하지만 웃음까지 제대로 짓고 있었다.

하지만 실은 마지막의 목말 태우기를, 겐이치는 지금까지 단 한 번도 성공하지 못했다.

어젯밤 늦게까지 연습했지만 결국 제대로 일어설 수가 없었다.

마지막 포메이션을 바꾸는 게 좋지 않겠느냐는 시오리의 제안에 끝까지 수긍하려 들지 않았던 것은 바로 겐이치였다.

정말 괜찮을까?

앞에서 근사한 스텝을 밟고 있는 여자들을 바라보며 유타카는 문득 불안해졌다.

하지만 금세 괜찮을 거야 하고 마음을 고쳐먹는다.

무대에 나오기 직전, 다이가가 너그러운 웃음을 지어 가며 속삭였다.

"겐짱, 오늘 마지막 목말 태우기 성공하면 마카베에게 고백한답니다."

이 말을 들은 순간엔 여러 가지 의미에서 벽이 너무 높다 싶었지만 곰곰이 생각해 보니 어쩐지 납득이 되어 버렸다.

겐이치처럼 뭐든지 필요 이상으로 무겁게 생각해 버리는 타입에겐 하마코처럼 호쾌하게 모든 것을 웃어넘겨 버리는 타입이 어울릴지도 모른다.

분명.

제대로 해낼 게 틀림없어.

카앗!

다시 리듬이 바뀌자 센터의 시오리가 양 무릎을 꿇었다.

주변의 마야 등이 뒤로 물러서는 것을 기다린 시오리가 무릎을 댄 채로 무대 중앙에 눕는다.

캇 캇 캇 캇 캇 캇.

토에레 리듬에 맞추어 척추뼈를 하나씩 정중하게 쌓아 올리듯이 천천히 가슴을 들어 올린다.

번데기에서 빠져나오는 나비처럼 아름다운 포즈다.

객석은 쥐 죽은 듯 고요하다.

우아하지만 몸의 유연성뿐 아니라 등과 배의 근육이 얼마나 강한지 시험당하는 어려운 동작이다.

낭창낭창한 근육으로 상반신을 들어 올려 마지막으로 얼굴이 올라왔을 때, 객석에서 한숨이 새어 나왔다.

"키이이이이이에에아아아아아앗!"

마야의 구령을 신호로 단숨에 무대가 정에서 동으로 바뀐다.

1학년들이 유타카들의 위에서 뛰어내려 앞줄에 합류하고 남녀가 뒤섞여 커다란 물결이 되어 스텝을 밟는다.

다시 한번 여자들이 앞뒤로 나뉘기 시작하고.

마침내 마지막 클라이맥스.

격렬하게 스텝을 밟는 시오리들의 등 뒤에 숨어서 유타카들이 1학년을 목말 태운다.

그리고.

단숨에 들어 올린다!

"이야앗!"

전원이 고함치고 어깨에 오른 여학생들이 심홍색 핸드 태슬을 높다랗게 천장으로 던져 올렸다.

한순간 정적 후.

터질 듯한 박수가 객석에서 일어났다.

유타카는 하마코를 어깨에 태운 채 당당하게 서 있는 겐이치의 모습을 바라본다.

해냈네, 우스바, 사랑의 승리다.

"후쿠시마 현립 아다 공업고등학교 여러분이었습니다."

사회자의 배웅을 받으며 1학년을 어깨에 태운 채 유타카들은 퇴장하기 시작했다.

시오리가 객석을 향해 손을 흔들자 다시 한번 커다란 박수 소리가 용솟음쳤다.

하지만.

무대 뒤로 들어온 순간 겐이치가 풀썩하고 널브러졌다.

"아야아, 이 자식아! 마지막까지 긴장하고 있으라니까, 이 콩나물!"

하마코의 절규가 울려 퍼진다.

아마도 객석까지.

에필로그

폐회식이 끝나고 밖으로 나왔을 땐 이미 해가 지기 시작하고 있었다.

유타카는 오키히코와 함께 예술회관의 드넓은 정원으로 나와 시오리네가 옷을 갈아입기를 기다리고 있다.

주변에는 아직 흥분이 가라앉지 않은 관객들이 다수 남아 있다. 가족 동반이니 출연 팀의 친구인 듯한 학생들은 팸플릿을 보거나 노점의 음식을 먹으며 즐겁게 이야기에 빠져 있었다.

나무 그늘 아래 벤치에 앉아 유타카는 커다랗게 하품을 한다.

훌라부와 타히티부로 이틀에 걸쳐 열렸던 훌라걸스 고시엔은 종료되었다.

유감스럽게도 이번에 유타카네는 입상하지 못했다.

최우수상에 빛난 것은 유타카네 바로 앞의 팀이었는데 좌우 대칭으로 근사한 포메이션을 보여 주었던, 도쿄에서 온 대규모 팀이었다.

우리들이 상을 받지 못한 것은 더없이 당연한 결과라고 생각한다.

첫날의 훌라부에서 그렇게나 비상식적인 짓을 저질렀는데 실격이 되지 않고 이튿날 타히티부에 출전할 수 있었던 것만으로도 다행이었다.

훌라걸스 고시엔은 속 깊은 대회였다.

"츠지모토!"

누군가 불러 고개를 드니 유미가오카 공업고등학교의 아카가와가 다가온다.

"오오, 특별상, 축하해."

"그쪽 오테아도 근사하던데. 역시 남자가 넷이나 있으니까 박력이 다르더라고."

팀 중에 남자라곤 한 명뿐인 아카가와는 진심으로 부러운 듯한 표정이다.

그래도 이번에 도립 유미가오카 공업고등학교는 특별상을 받았다. 훌라부에서 센터를 맡은 것은 아카가와였다.

"남자가 혼자밖에 없으면 아무래도 그런 포메이션이 되어 버리거든."

그렇게 겸손한 소릴 하지만 여자들에게 둘러싸인 하렘 상태로 센터를 맡아서 춤추던 아카가와는 꽤나 당당해 보였다.

이제부터 원정 팀이 묵고 있는 숙소에서 뒤풀이가 열리기로 되어 있었다. 유타카네와 같은 지역 팀을 위해서도 주최 측에서 미니버스를 준비해 준다고 한다.

"하지만 츠지모토네 팀 덕분에 내년엔 남자 출전자가 늘어나지 않을까?"

그 말에 유타카와 오키히코는 자기도 모르게 얼굴을 마주 본다.

솔직히 그런 건 생각해 본 적도 없었다.

"아니, 정말로 멋있었어. 적어도 나는 츠지모토네 팀을 목표 삼아 앞으로 세 명의 홀라남을 모으려고 생각하거든."

새삼 오키히코를 소개하고 한동안 셋이서 이야기에 빠져 있으니 유미가오카 공업고가 탈 버스가 주차장에 돌아왔다.

"자아, 뒤풀이에서 봐!"

손을 흔들며 아카가와가 달려갔다.

그 뒷모습을 배웅하며 유타카의 마음속에도 만족감 같은 것이 솟아났다.

입상이야 하지 못했다지만 우리들이 대회에 출전한 의미는 그런대로 있었던 것 아닐까.

더구나.

실은 오테아 무대를 내려온 후 예기치 못했던 일이 일어났다.

불어 가는 바람을 느끼며 유타카는 그 생각도 못 했던 '재회'를 떠올린다.

대기실로 향하는 길, 창고 앞 통로에서 하나무라 선생과 함께 기하라 유이 선생이 기다리고 있었다.

유이 선생 뒤에 있는 인물을 보고 유타카는 일순 말이 막혔다.

시오리도 겐이치도 다른 부원들도 모두 멍하니 멈춰 섰다.

그곳에는 안경을 쓴 겐이치의 아버지와 그 가설 주택의 할아버지가 있었던 것이다.

춤이 막 끝난 뒤라 아직 조금 숨이 차 있던 시오리 앞에 할아버지가 성큼 다가섰다. 그리고 말없이 커다란 꽃다발을 내밀었다.

멋들어진 연꽃이었다.

원래 농부였다는 할아버지는 지금까지도 가설 주택의 조그만 마당에서 꽃을 가꾸고 있는 모양이다. 오늘은 그 가운데서도 가장 예쁘게 피어 있는 것을 가져왔다고 한다.

이 꽃은 연꽃 중에서도 아침에 피었을 때는 순백색인데 저녁이 되면 천천히 연분홍색이 된다고 하는, 신비한 종이다.

시오리는 떨리는 손으로 꽃다발을 받았다.

몇 겹으로 겹쳐진 새하얀 꽃잎 위에 툭툭 눈물방울이 떨어졌다.

시오리는 꽃다발에 얼굴을 묻고 어깨를 들썩이며 흐느껴 울었다.

그 등에 할아버지는 두툼한 손바닥을 살짝 올려놓았다.

마야도 모토코도 유이 선생도 겐이치도 울고 있었다.

한편에 서 있던 겐이치의 아버지는 조용히 그 모습을 지켜보고 있었다.

훌라 댄스 따위로 아무것도 달라지지 않아. 현실적으로는 맞는다고 생각한다.

하지만 어쩌면.

우리들의 진심을 다한 춤은 아주 조금씩 무언가를 움직였던 건지도 모른다. 그때 할아버지의 온화한 눈길을 떠올리면 유타카는 지금도 가슴이 살짝 뜨거워진다.

문득 주변에서 환성이 솟아 유타카는 정신이 들었다.

보아하니 옆자리의 오키히코가 아니나 다를까, 도호쿠 팀 여자아이들을 상대로 애교를 떨어 대고 있었다.

옷을 갈아입고 나온 도호쿠 지역 여학생들은 휴대 전화를 꺼내 들고 오키히코를 향해 열심히 손을 흔들고 있었다.

아사이 쇼크로 그렇게 처져 있던 주제에 정말 질리지도 않는 녀석이다.

"너 말이야, 그러다가 또 귀찮은 일 생겨도 몰라."

"아니, 그러니까 말이야."

오키히코가 휙 돌아본다.

"다신 그런 일 없도록 1학년 여자애들에겐 미리 잘 일러뒀어."

"뭐를?"

"나는 홀라 동아리 모두를 좋아하지만, 그중에서 제일 좋아하는 건 유타카라고."

"역시 바보지, 너?"

어쩐지 요즘 1학년 여자애들 넷이서 나와 오키히코를 묘한 눈으로 보고 있는 것 같더라니.

우리들을 볼 때마다 우와우와 꺄아꺄아 하던 그 1학년들은 이른바 변태라든가 하는 건가?

진짜로 머리가 아파 온다.

"츠지모토 선배!"

그때 제일 먼저 옷을 갈아입었는지 하마코가 달려온다.

밀짚모자를 쓴 하마코는 얇은 파란색 파카를 입고 있다. 그러고 있으니 햇볕에 그을린 하마코도 비교적 보통 여자애 같다.

"마카베, 다른 1학년들은?"

"우스바하고 나츠메는 우스바 아버지랑 가설 할아버지랑 같이 노점에서 뭐 먹고 있어요. 여자애들은 유이 선생님이랑 시오리 선배들과 수다 떨고 있는데 곧 이쪽으로 올 거예요!"

"그래?"

오키히코가 도호쿠 여자애들 부탁으로 함께 사진을 찍기 시작했기에 유타카는 하마코와 함께 그곳을 떠났다.

"……그래서 너 우스바 어떡할 거야?"

"뭐, 일단 오케이했는데요."

걸으며 말을 걸자 하마코는 담백하게 끄덕인다.

"뭐랄까, 그 녀석, 여러 가지로 진지하긴 하지만 진지하다는 건 진짜라는 거니까요. 속임수가 아니라는 거지요."

"그런가?"

"그렇습니다."

"역시, 마카베는 호쾌하네."

"그렇습니까? 어쨌든 원래는 어부의 딸이니까요!"

하마코는 거침없이 대답하지만 '원래는'이라는 말에 살짝 쓸쓸한 맛이 있다.

"어? 혹시 반하셨나요?"

유타카가 잠자코 있으니 하마코가 가는 한쪽 눈썹을 치켜올린다.

"츠지모토 선배라면 대환영이죠. 저, 일곱 다리 정도는 여유 있게 걸칩니다."

"이 녀석."

"농담입니다!"

깔깔대고 웃더니 하마코는 갑자기 정색을 했다.

"츠지모토 선배야말로 어떡할 겁니까?"

"뭐를?"

유타카는 정말 무슨 소린지 몰랐다.

"또, 또 시치미를."

하마코가 호탕하게 웃으며 유타카의 팔을 쿡쿡 찌른다.

"도대체 어느 쪽으로 할 겁니까?"

그 순간, 마야와 왠지 시오리의 얼굴이 떠올랐다.

"마야 선배하고 오키히코 선배 말입니다!"

"……어이."

"우하하, 저는 아무리 그래도 남녀 양쪽은 안 되거든요. 역시나 츠지모토 선배님."

"잠깐 좀."

"아, 시오리 선배랑 다들 왔나 봐요."

등 뒤로 요란스러운 음성들이 들린다.

"그러면 하마도 갑니다, YO!"

하마코는 곧장 방향을 바꾸더니 성큼성큼 그쪽으로 걷기 시작했다.

"기다려, 마카베. 내 얘기 좀 들어."

유타카는 오해를 풀려 했지만 하마코는 "YO! YO!" 하고 리듬을 타며 획획 멀어져 간다.

어이, 하마코…….

결국 유타카는 힘없이 어깨를 떨구었다.

할아버지에게서 받은 꽃다발을 소중하게 품에 안은 시오리가 마야와 모토코 들에게 둘러싸여 정면 현관을 나왔다.

"츠지모토, 유즈키는? 곧 버스 오나 본데."

유타카를 보자마자 시오리가 커다랗게 손을 흔든다.

저녁이 다가오자 한낮엔 하얗던 연꽃이 연분홍으로 물들기 시작했다. 시오리는 기쁜 듯 그 커다란 꽃다발을 몇 번이나 고쳐 안았다.

"알았어. 지금 갈게."

유타카도 손을 흔들어 보인다.

"어이, 너희들, 차 놓치지 말고 와!"

유이 선생과 함께 온 하나무라 선생도 굵직한 목청을 돋운다. 그 뒤에 겐이치와 다이가의 모습도 보인다.

"야, 유즈키, 나만 간다."

애교를 흩뿌리느라 바쁜 오키히코에게 말하고 유타카는 풀밭을 찼다.

"기다려, 유타카, 냉정하네."

"시끄러워."

언제나처럼 티격태격해 가며 오키히코와 함께 뛰기 시작한다.

저물녘의 서늘한 바람이 얼굴을 어루만진다.

해가 지기 시작한 여름 하늘은 크고 넓다.

자기 발만 바라보며 걷고 있을 때는 깨닫지 못했다.

어디에도 출구가 없는 것만 같던 협소한 세계 위에 이렇게 드넓은 하늘이 펼쳐져 있다는 사실을.

하지만 하늘의 아름다움도 바람의 상냥함도 개인의 기분과는 관계없이 거기 있다.

확실한 것이 아무 데도 없는 것은 지금도 마찬가지.

변해 버린 것도 되돌릴 수 없는 것도 많지만 그래도 역시 이곳이 우리들이 살고 있는 현실이다.

그러니 가자.

슬픔도 괴로움도 끌어안은 채.

각자가 흘린 눈물의 씨앗이 언젠가 커다란 미래를 가리키는 이정표가 되도록.

그리고 언제나 마음에 꽃을 피우자.

들쭉날쭉하고 제각각이고 제멋대로지만.

설령 몇 번씩 시들어도 결코 마르지 않을 무지갯빛 오하나.

FUKUSHIMA

평소에는 잘 인식하지 못한 채 살아가지만, 사실 한국은 핵 발전소 밀집도가 세계에서 가장 높은 나라입니다. 현재 운용 중인 24기 원전 가운데 하나만 사고가 나도 전 국토가 방사능으로 오염될 수 있다고 하니 상상만 해도 겁이 납니다. 2011년 3월 11일, 일본 동북 지방에서 일어난 진도 9의 지진과 해일로 후쿠시마 제1 원자력 발전소에서 원자로의 노심이 녹아 내렸습니다. 엄청난 방사성 물질이 방출된 이 사고는 국제원자력평가척도에 따라 가장 나쁜 단계인 레벨 7(심각한 사고)로 분류되었지요. 『홀라 홀라』는 사고 이후 바로 그곳에 살고 있는 이들의 일상을 보여 줍니다.

이미 세계적 기호가 되어 버린 'FUKUSHIMA'라는 재앙의 땅에 유타카와 시오리, 오키히코와 마야, 다이가와 겐이치가 살고 있습니다. 자신의 잘못이 아니건만 이미 일어나 버려 어찌할 수도 없는 변화 앞에서 혼란스러운 아이들. 그들은 새로 만난 친구의 집은 어디인지, 부모님은 어떤 일을 하시는지도 마음 놓고 묻지 못합니다. "바다 가까이에 살던 사람들 중에는 집이 완전히 무너지거나 소중한 가족을 잃은 사람들도 적지 않"으니(17면) 자칫 그들의 상처를 건드릴까 조심해야 하죠. 작품 속 마야는 같이 살던 강아지를 잃었지만 마음껏 슬퍼할 수도 없습니다. "가족이나 친구를 잃어버린 사람에 비하면 아무것도 아니라면서 큰 소리로 야단을 치"는 (225면) 사람들 때문이지만, 마야에게 잃어버린 강아지는 가족이나 친구와 다를 바 없는 존재였지요. 묶여 있던 강아지를 구하지 못한 채 혼자 피난했다는 죄책감은 마야를 끝내 괴롭힐 것입니다.

눈에는 보이지 않지만 확실히 몸에 나쁘고, 그런데 그것이 앞으로 어떤 형태로 나타날지는 아무도 모르는 것. 이런 공포를 상상하기란 이제는 어렵지 않습니다. 지금 들이마신 공기가, 아이의 분유를 타고 있는 물이 방사능에 오염되어 있을지도 모른다고, 순간순간 두려워하며 살아야 하는 삶이란 어떤 것일까요? 즐거워야 할 점심시간, 독소를 빼 준다는 음식 얘기에도 "여기가 후쿠시마라서인가요?" 하고 묻는 겐이치의 한마디에 공기가 얼어붙습니다. 유

이 선생님의 아기를 보며 '건강해서 다행이다.' 하고 안도하는 것
도 그들이 늘 품고 있는 불안과 공포를 보여 줍니다.

훌라, 훌라

'귀환 곤란 구역'이라는 이름으로 영구히 돌아갈 수 없는 최악
의 오염 구역만을 남겨 둔 채, 2014년부터 일본 정부는 사고 당시
강제 피난 지시를 받았던 주민들을 서둘러 원래 살던 곳으로 돌려
보내고 있습니다. 그러나 정부의 말을 믿고 고향으로 돌아간다 해
도 원래의 생업인 농업을 재개할 수는 없습니다. 마을의 생활 기반
이나 공동체는 철저히 파괴되었지요. 이들은 가설 주택이라는 임
시 거처에서 지내야 합니다.

더욱이 2020년 도쿄 올림픽을 앞두고 일본 정부는 마치 후쿠시
마의 비극이 없었다는 듯 국민과 세계인을 속이려 듭니다. 아베 총
리는 텔레비전에서 후쿠시마산 생선을 먹어 보이고, 정부 관계자
들은 입만 열면 '언더 컨트롤'이라는 빤히 보이는 거짓말과 '부흥'
이니 '안전'이니 하는 진부하고 텅 빈 낱말만 쏟아내고 있습니다.

소설 속에서 임시 거처에 살고 있는 이들을 위문하러 간 훌라
댄스 동아리 멤버들은 겐이치의 아버지가 근무하던 회사 사람들
을 만나게 됩니다. "사고 전엔 공업고등학교에 다니는 사람 누구

나 동경하던 대기업"인 이 회사는 실제로 후쿠시마 핵 발전소를 운영하던 도쿄 전력이라는 회사입니다. 그들은 발전소가 '절대로 안전'하다고 장담했었지요. 인간은 불완전한 존재입니다. 안전하게 만들겠다고 온 힘을 다한 자동차나 비행기도 예상치 못한 사고를 만나고 고장이 나지 않던가요? 어떻게 핵 발전소가 '절대' 안전하다고 말할 수 있는 걸까요? 인간의 오만과 무책임함, 그리고 탐욕이 빚어낸 비극적 결말 속에 그런 일에 관여하지 않은 무고한 사람들이 내던져진 것입니다.

"가설 주택에는 귀환 곤란 구역에서 피난해 온 고령자를 중심으로 지금도 60세대 가까이 살고 있다"(129면)라고 말한 이 소설이 발표된 후 3년이 지난 2019년 현재, 여전히 5만 명이 넘는 사람들이 실제로 집으로 돌아가지 못한 채 임시 거처를 전전하며 지내고 있습니다. 8년 넘게 가설 주택에 살면서 "부흥, 부흥 하는 찍어 낸 듯한"(148면) 공허한 낱말을 듣고 있는 것이지요. 후쿠시마, 이와테, 미야기 3개 현의 가설 주택에서는 고독사도 큰 문제인데 사고 후 해마다 증가하여 2015년 말까지 무려 188명이 사망 상태로 발견되었다고 합니다. 원전 사고로 가족과 사별하여 혼자 남았거나 이웃과의 교류가 전혀 없는 임시 거처에서 외톨이로 살다가 쓸쓸히 죽어 발견되는 것이지요.

그들이 겪는 저마다의 슬픔, 나날의 고통과 불안, 공포에 훌라 댄스가 현실적 도움이 될 수는 없을 터이니 가설 주택 위문 공연을 앞두고 모토코가 차갑게 내뱉은 "무리야."라는 말이 어쩌면 이 작품의 결론일지도 모릅니다. 하지만 살아남은 인간들은 서로를 의지하며 공감하려 노력하고 작은 즐거움들을 애써 찾아내면서 남은 삶을 살아내는 수밖에 없습니다. 훌라 댄스는 바로 그렇게 주저앉아 있는 이들에게 가닿으려는 안타깝고 애달픈 소통의 몸짓입니다.

작품 전체를 감싸고 있는 따스함과 곳곳에서 반짝이는 유머들로 단단한 인간의 유대를 그리고 있는 이 소설이 실은, 거대한 폭력 앞에 무방비로 노출되어 있는 인간들의 절망과 거기서 벗어나기 위한 안간힘과 몸부림을 보여 주는 몹시 슬픈 이야기라는 것을 우리는 알게 됩니다.

2019년 여름
서은혜

창비청소년문학 90

훌라 훌라

초판 1쇄 발행 • 2019년 7월 12일

지은이 • 후루우치 가즈에
옮긴이 • 서은혜
펴낸이 • 강일우
책임편집 • 정소영 김효근
조판 • 박지현
펴낸곳 • (주)창비
등록 • 1986년 8월 5일 제85호
주소 • 10881 경기도 파주시 회동길 184
전화 • 031-955-3333
팩시밀리 • 영업 031-955-3399 편집 031-955-3400
홈페이지 • www.changbi.com
전자우편 • ya@changbi.com

한국어판ⓒ (주)창비 2019
ISBN 978-89-364-5690-0 43830